ŠUŠKAVCI

ŠUŠKAVCI

Nataša Blagojević Ristić

Globland Books

Bela, đačka gumica uredno, svakodnevno briše preostala sećanja. Uporna su. Izbijaju ponovo, kao neuništive fleke. Brišem i brišem. Moja prva jutarnja aktivnost, dok su oči još sklopljene. I moja poslednja, večernja aktivnost, pre no što me san savlada... Redom, svaku sliku do najsitnijeg detalja. Nije mi teško. Radujem se kada vidim da su neke izbledele. Nisam sigurna, ali mislim da su neke i zauvek nestale... Kao, na primer, prvi susret sa tobom... Tražim ga, ali nema mu ni traga...

Hej, da li si znao da ja svoj život, bez obzira na sve bure koje sam prebrodila, ipak, sada posle svega, delim na onaj deo pre tebe i na deo posle tebe? Ušetao si u njega neprimetno, bar se iz ove perspektive tako čini, hodao po njemu, ostavio tragove, bolne iskopine ličnih preispitivanja, išetao isto tako lagano, kao da ničeg nije ni bilo i ostavio me da nagađam da li si zaista i postojao, ili je sve bila samo bolna uobrazilja moje duše.

Postojao si. Znam. Znam i da je gomilica dinarčića uredno složenih na kuhinjskom stolu neke podstanarske sobe bila stvarna. Nju je teško izbrisati. Ne znam zašto. Mislim da znam i zbog čega si otišao. Konkretni razlog mi nije ni bitan. Mene muče oni suštinski. Oni umeju da budu bolni.

I neka si otišao. Nije to ništa veliko i važno. Dešava se. Svakodnevno. Neko bude onaj što ode, neko onaj što ostane. Onaj što ostane, pati neko vreme, a onda zaboravi. Onaj što ode, bude srećan neko vreme, a onda shvati da je nekada davno ipak pogrešio, da bi bilo bolje da nije otišao.

Tako kažu filmovi i romani. Na moju žalost, kod nas ipak nije tako. Onaj što je otišao nikada nije zažalio zbog toga. Ostvario je svoj cilj. Ne bi ga ostvario da nije onoga dana mirnim korakom izašao iz nečijeg života. A onaj što je ostao nikada nije prestao da pati što mu je te daleke godine zamrlo neizgovoreno ime na usnama. Naslutio je kraj, ali nije uspeo da otrgne ni slovce tog imena. Naslutio je i da će to ime bolno urastati godinama. Možda bi jedno njegovo otrgnuto slovce zbacilo bar deo teškog bremena. A možda bi za njim, povučena, krenula i druga slova, pa bi ona, možda, ponela, kao bujica, sve neizgovorene reči. I bola, u godinama što dogalopiraše, ne bi bilo. Možda. Bar ne toliko.

Ko je pobrkao kockice? I zašto? Da li život krije prave razloge svojih neminovnosti? Ili je sve samo puka slučajnost?

Bio si nekada davno neko blizak i drag... Više nisi, bar ne blizak. Postao si dalek, kao da si neki drugi planetarni sistem, toliko nepoznat da to boli. I hladan, da svaki dah cvokoće.

I nije mi jasno zašto neke emocije tako silno teže da budu nesvršene, a suđeno im je da se svrše u jednom trenutku. Da li one to prkose svemiru i njegovim zakonima, ili su samo glupavo uporne i tvrdoglave?

Nekada mi se čini da tobom samo popunjavam šupljine i praznine u svome životu.

O, kako moj život podseća na ručni rad. Prepun je čvorića, hm... rekoh, čvorića, praznih i punih kockica, lančića... Čini mi se ponekad da sam ostala zarobljena u nekoj davno ishevlanoj, sad već požuteloj šustikli, pa iz nje dozivam svoj život i ljude što se baškare po njemu. Dozivam, a oni me ne čuju i ne vide. Ponekad ne čujem i ne vidim ni samu sebe. I umorim se tako od te bespomoćnosti. Poželim da pokidam sve konce oko sebe, ali, što vreme više prolazi, snage je sve manje.

Ne, ovo nije priča o tebi. Priča o tebi ne postoji. Pojele su je godine što su prozujale. Postala je izlizana i dosadna. Nikoga ne bi ni zanimala. Izbrisala je ona gumica s početka. Ovo je samo jedna od mogućih istina... Znaš, istine su čudne. Uvek ih ima više. Bitna je perspektiva. Ona ih odreÄ‘uje. Ko bi rekao? Tako ruÅ¾na, obiÄna, strana reÄ, a odreÄ‘uje neÅ¡to tako bitno!

I, da! Ne traÅ¾i sebe u mojim reÄima. Nisu o tebi. O uljezima u naÅ¡im Å¾ivotima su.

* * *

DevojÄica je drhtavo skupljala delove svog rasparÄanog tela pokuÅ¡avajuÄ‡i da ih prekrije ostacima bele, lanene haljine. Nije bila sigurna da li su svi tu. Obamrli miÅ¡iÄ‡i su postajali drhtavi. Oblak neprijatnog zadaha ju je uvlaÄio u sebe, onemoguÄ‡avao joj da diÅ¡e. PokuÅ¡avala je da se zgrÄi, da obavije svoje noge, ali ruke su odbijale posluÅ¡nost. Pramenovi raÅ¡Äupane kose su se lepili za krvavo lice. Modre oÄi su bile suve. PraÅ¡ina je neumitno vladala u njima spreÄavajuÄ‡i neisplakane suze da izaÄ‘u. TiÅ¡ina. U daljini Å¡um reke i cvrkut nekih ptica. U daljini zvuk automobila para letnji suton. Zlokobna Å¡kripa guma razdire Å¡ljunkoviti put i on vriÅ¡ti, zapomaÅ¾e. U daljini urlik dana. Lome se svetovi tamo negde, u daljini, lome, vriÅ¡te i stvaraju novi, a oko nje neumitna tiÅ¡ina koju samo cvokot njenih zuba naruÅ¡ava. UjednaÄeni cvokot. Silan cvokot. Bolan cvokot. Topla reka krvi je izvirala iz njene usne, slivala se niz njenu zamazanu, treperavu bradu, spuÅ¡tala se niz tanki, beli, drhtavi vrat nastavljajuÄ‡i put preko grudi. Nije oseÄ‡ala njenu toplinu. Nije oseÄ‡ala njeno blago milovanje. NiÅ¡ta nije oseÄ‡ala. U daljini su poigravala prva veÄernja svetla. U daljini su bile kuÄ‡e, a oko nje se Å¡unjao suton, razmiÄuÄ‡i ogoljeno Å¡ipraÅ¾je i Å¡apÄ‡uÄ‡i neÅ¡to, Å¡apÄ‡uÄ‡i tiho, najtiÅ¡e. MoÅ¾da bi mogla i da ga Äuje, moÅ¾da bi mogla i da ga razume, samo kad bi uspela da se oslobodi zaostalih glasova koji su odzvanjali u njenoj glavi. BuÄnih, isprekidanih, ubrzanih, muÅ¡kih glasova. StraÅ¡nih glasova. Nepoznatih glasova. Bolnih glasova. ÄŒvrsto je slabaÅ¡nom rukom obavila svoja kolena i zaljuljala se. RazdiruÄ‡u ranu joj je otvarao svaki pokret, ali nije prestala. Ljuljala se sve jaÄe i jaÄe, prateÄ‡i ritam neumitnog cvokota zuba. ÄŒinilo joj se da oni glasovi posustaju pred nadolazećim bolom, da postaju tiši, slabiji. Možda će, ako je dovoljno jako zaboli, nestati.

Devojčica se ljuljala sve jače čvrsto stiskajući svoja kolena. Nepravilno kamenje je tiho cvililo zabijajući se blago u njeno ranjeno telo. Bila je skrivena u treperavo rečno šipražje, nedaleko od improvizovanog prilaza kupalištu koje je sada tonulo u zasluženi san. Tamo, na reci, bacakale su se ribe izvijajući svoja vižljasta tela na srebrnkastom odsjaju meseca. Tamo, na reci, plesali su talasi poigravajući se rečnim kamenjem. Tamo, na reci, sve je bilo blistavo i mirno.

Klatila se sve jače skrivena u šipražju. Da je neko naišao, a nije, pomislio bi da je neka čudna, noćna živuljka skrivena ispod rascepane, prljave krpe. Da je neko naišao, a nije, možda bi se uplašio i pobegao. A možda bi i prišao, taj neko, da je naišao, prišao da osmotri bliže... Video bi dva širom otvorena, dva zagasito modra, ali suva, dva uplašena dečja oka, što zure u prazninu i tamu ispred sebe. Da je neko naišao, a nije, možda bi se i glasovi upleteni u njenu kosu, zalepljeni za njeno musavo lice, uplašili i potrčali za svojim vlasnicima... Da je neko naišao, a nije, možda šipražje ne bi tako bolno i uporno šuškalo...

PRVI DEO

1

Kako je nekada samo volela ova bosanska brda! Ogoljena ili šumovita, nepravilna, nabacana, kao da su sasvim slučajno popadala odnekud i ispresecala vidike. Umela su da pričaju priče na stotinama različitih jezika, ali su krila u sebi i nešto mračno, hladno, primitivno, bolno. Osećala je to oduvek. Urezalo se to u njen dečji mozak i raslo sa njim.

Kada je prvi put putovala ovim krivudavim putevima? Nije se sećala, ali je iz priča znala da nije imala više od godinu dana. Deda je „ukrao" i poveo sa sobom. Ili je to, ipak, bio stric?

Blagi, varljivi osmeh joj je zatitrao na rubovima usana. Daleka vremena, daleka sećanja.

Gledala je kroz prozor autobusa i pokušavala da prizove zaboravljene slike. Da li je moguće da se sve toliko promenilo? Da li bar ova zemlja nju prepoznaje? Možda su međusobno postale strane.

Još su joj samo imena gradova, sela, planina govorila da je na pravom putu. Sve joj se činilo i lepšim i većim dok je bila dete. I da, najbitnije, sve je tada doživljavala kao svoje, a sada se osećala kao zalutali putnik.

Čudno je to osećanje u čoveku da zemlju, ali, bukvalno zemlju doživljava kao svoju, da se ponosi njenim lepotama, da ima potrebu da je brani ako neko kaže nešto loše o njoj, da mu se srce i oko šire od njenih vidika, da mu se grudi skupljaju od njenog bola.

Da li današnja deca umeju tako nešto da osete? Pomislila je na svoju decu i njihovo društvo. Možda, poneko od njih, poneki delić. Više se tu javlja sujeta — ko je iz kog kraja, ko je bolji i zbog čega. Možda je i bolje tako. Možda je tako i normalno. Ne rastu nadahnuti ideologijom, neće imati u šta da se razočaraju. Možda su za razrovane snove naših generacija krivi upravo visoki, a nepotkrepljeni ideali. Čudno je kako joj je prva asocijacija na doba velike ideologije upravo Bosna. Još uvek joj je jasno u svesti bila urezana slika jednog šumovitog brda na kom se ponosno kočoperilo ime velikog predsednika precizno urezbareno u samu prirodu. Valjda je i tu trebalo da pokaže prevlast. No, to su već generacijske i istorijske priče jedne zemlje koja odavno ne postoji, a ona je imala svoju, ličnu priču koju je morala da dovrši.

Pred očima joj se razli Krivaja, bistra, zelena, neukrotiva, na momente besna. Reka detinjstva, mladosti, pa i života. Gorda i ponosna u svojoj razuzdanoj lepoti, okrutna i neosetljiva na ljudsku bol. Ne zna to ko je nije okusio. A ona jeste. Kao i sada, i tad se očajnički borila da udahne život, dok je reka sve više stezala u svoje vrtloge. Koliko je to trajalo? Minut, dva, pet, deset? Svega par puta ju je vrtlog izbacio, tek toliko da zahvati trunku vazduha. Seća se dobro — samo je stizala da izgovori „ma", a onda bi je vodena struja ponovo povukla dole u svoje carstvo, do samog dna, pa opet gore. Činilo joj se da je to trajalo beskonačno dugo. Još uvek se jasno sećala i mulja na putu do dna, i izraza lica i položaja majke, koja je skamenjeno stajala i gledala u njenom pravcu. A onda ostatak kao magličasti film — stric u odelu skače, izvlači je, svi u kući u nekom čudnom raspoloženju, između histerije i euforije, papirne novčanice iz stričevog džepa raširene po celoj sobi ne bi li se osušile. Ne, nije se tada uplašila. Bilo joj je čak i pomalo zabavno. Gledala je na to očima deteta željnog uzbuđenja.

A sada se raduje susretu sa ovom rekom. Kao da se vraća nekom svom. Bar reci, kad više nije imala nikoga ovde. A da li je igde i imala?

Autobus se zaustavi na malom, palanačkom trgu. Sunce se probijalo kroz talase prašine koju je podigao. Asfalt očigledno odavno nije niko obnavljao. Meštani, kao debele, lenje mačke, sede na starim drvenim klupama oko stanice i lenjo promatraju da li će, i ko će izaći.

Anina pojava na prednjim vratima za tren izazva iščuđavajući sjaj u njihovim pospanim očima. Visoka, vitka, upadljivo obučena, bila je kao vanzemaljac bačen u ovaj pospani kraj. Užurbano izađe. Osećala je brojne ispitivačke poglede na sebi i nije joj bilo prijatno. Pomalo nervoznim pokretima zategnu crvenu košulju preko grudi i stomaka, ispravi se, pređe dugim prstima preko kamenčića svoje ogrlice, popravi velike, tamne naočare za sunce. Levom rukom dohvati dršku kofera i krenu. Sama je sebi pod njihovim pogledima delovala nekako nezgrapno i tromo. Požele da se smanji, da postane neprimetna. Točkići kofera zaškripaše pri sudaru sa kaldrmom i sitnim šljunkom, te on poče da se krivi. Zastade na trenutak.

„Taksi!", pomisli spontano, ali, odmah se sama sebi nasmeja. Bilo bi zaista nestvarno pronaći ga ovde, u ovoj kasabi. I dalje je osećala poglede. Kao da su svi zaustavili dah iščekujući šta će sledeće ova čudna prilika uraditi. I to joj dodatno unese pometnju u um. Nije ovo bio njen teren, odavno. A onda se nasmeši u sebi, okrete se prema grupi nemih posmatrača, podiže naočare i razli širok osmeh po ustajalom vazduhu. Podiže ruku i mahnu.

— Dobar dan! — odskakuta sa njenih usana.

Posmatrači, uglavnom stariji ljudi, razrogačiše oči. Nisu ovo očekivali. U momentu se potpuno zbuniše. Gledali su je nemo, skoro otvorenih usta. Pogodi ih još jedan njen blistavi osmeh, a onda najstariji od njih progovori:

— Dobar dan. Svako dobro, gospođo. Možemo li ti kako pomoći?

Led je bio probijen. Nije više bilo nervoze u njoj.

— Hvala Vam. Snaći ću se nekako. Nisam dugo vremena dolazila, pa se nisam baš adekvatno spremila.

Ljudi se ponovo pogledaše. Čuđenje ih nije napuštalo. Ko bi rekao da će im današnji dan doneti ovakvo iznenađenje.

— A reci nam, kuda si krenula? — upita onaj isti starčić.

Bio je nizak, žilav. Njegove žive, svetle oči kao da su je skenirale. Podseti je na nekoga.

— Došla sam u Beriće. Imam tamo kuću, babinu i dedinu. Hoću da vidim u kakvom je stanju, da je obnovim — izgovori u jednom dahu. Znala je da ovaj odgovor zahteva još niz pitanja, a nije bila sigurna da li je spremna da na njih odgovori. Užurbano se okrenu ka koferu pokazujući da je razgovoru kraj.

— O, pa imaš ti dosta da vučeš te stvari! — nasmeši se starac. — Teško ćeš tako, no da vidimo može li neko da te prebaci... A, reci, čija si?

— Od Đurđevića. Janka Đurđevića unuka — izgovori i skloni pogled.

— Jankova? O, znao sam ja Janka! Puno smo puta bekrijali zajedno. A šta ćeš, život...

Na licu mu se iscrta razumevanje koje kao munja preseče dalju priču.

— A, bogme, imaćeš ti posla oko kuće... — izgovori, promatrajući je kao da odmerava njenu snagu.

— Znam — kratkim odgovorom i sleganjem ramena pokaza da je svesna situacije.

— Ruševina je samo ostala, znaš. Skoro sam nešto prolazio tuda. Tuga živa. Nema ni komšija u blizini. Razbežali su se kud koji... Pa eto, ko bi rekô da će Janko da ostavi svoje kosti u tuđini.

Njena ramena napraviše blagi pokret iz kog izbiše i nemoć i tuga koji poput nevidljive ptice preleteše do lica dajući mu izraz duboke sete.

— No, vreme mi je da krenem. Posao čeka! — povrati svoj biserni ton. — Prijatan dan.

Starčić nije odustajao.

— Nemoj tako, namučićeš se! Evo, sad ću pozvati Marka kafedžiju da te odveze. Nisu ti tvoji točkići za ove naše ceste.

Žustro poskoči, otrča po kafedžiju. Ani nije preostalo ništa drugo nego da ga sačeka. Potpuno je zaboravila kako su ovde ljudi neposredni, direktni, uslužni. Nekada su je te njihove osobine nervirale, nije volela izvesnu dozu primitivnosti koju su krile u sebi, ali, sada se zamorila od uglađenosti, skrivanja, otuđenosti, pa su joj delovale kao melemi. Seti se svog prvog, samostalnog putovanja autobusom ovamo. Presedala je dva-tri puta. I zbog toga se osećala jako važnom. I jako odraslom. Od Tuzle do Banovića je putovala nekim lokalnim autobusom, prepunim raznolikog sveta. Jedna žena je tada, bez ikakvog uvoda i povoda, krenula da komentariše njen nos — kako je čudno veliki i kriv, kako je baš šteta što je takav, kad je ovako baš lepa, na koga je „povukla", i slično... Ostali su je zagledali. Sada joj se ta epizoda učini komičnom, ali tada, u pubertetskom periodu, uopšte nije bila. Samo što se nije rasplakala. Poželela je da nikad više ne dođe među takve ljude. I bežala je od njih jureći za svojim životom, životom u civilizovanom, kulturnom, obrazovanom svetu, ali je isto tako mnogo puta shvatila da su primitivnost i direktnost mnogo bezopasnije od uglađenosti ušuškane u bele rukavice.

Pojavi se i starčić sa Markom, sredovečnim čovekom, širokih ramena i širokog, vedrog lica. Ubaciše njene stvari i krenuše. Kafedžija je bio ćutljiv. Nije je puno pitao, samo par uobičajenih stvari. To joj je i odgovaralo. Nije bila spremna za priče. Odvezao je sve do podnožja brega na kom se belela kućica. Tu je izašla. Želela je da se uz drum popne sama, kao nekada. Bio je nekako nesiguran, bojažljiv. Kao da se pitao da li zaista treba da je ostavi samu. Na rastanku joj je dao papir sa svojim brojem telefona. Ako ipak poželi prenoćište, neka slobodno nazove. Ima praznih soba iznad njegove kafane. Čiste su, udobne... Saslušala ga je, učtivo klimnula glavom, zahvalila se isto tako učtivo, a čim su njegove gume zaškripale po seoskom nasutom putu, zgužvala je papir i bacila ga nehajno pod noge. Bila je sigurna da joj neće biti potreban.

2

Svetislav Jovanović je užurbano popio svoju prvu jutarnju kafu i prelistao dnevnu štampu. Smirenim pokretom je namestio svoje naočare čiji su se tanki, zlatni okviri savršeno uklapali sa njegovim pravilnim, blagim crtama lica. Duboko je uzdahnuo, pogledao svoje negovane, duge prste. Na desnoj ruci se blistala široka, zlatna, izrezbarena burma. Osetio je izvesnu prazninu u duši pri pogledu na nju. No, nije želeo da se preda lošim osećanjima. Ustao je, uigranim pokretima pospremio sto, uzeo mantil i aktovku. Uredno je zaključao vrata svog stana koji se nalazio na devetom spratu solitera u uskom centru grada. Misli su već galopirale daleko ispred njega. Nije bio siguran da li uopšte može da ih stigne. Prekopavale su gomile slučajeva, a njemu se činilo da im je primarni cilj da pobegnu od njega. Neće dozvoliti da iko išta primeti. Sve je pod kontrolom. Uvek je i bilo.

Od svog života je očekivao samo jedno — da bude i ostane uredno složena kutijica u kojoj svaki delić ima svoju ulogu i svoje mesto. Nije tu bilo potrebno puno razmišljanja. Bitno je bilo samo postaviti stvari, a one bi već funkcionisale same, po svom vekovnom nahođenju. Neverica mu uzburka misli. Da li je to njegova kutijica ostala prazna, razorena?

Nervirale su ga ljudska glupost i stihijsko ponašanje. Ljudi su svašta sebi dozvoljavali pravdajući to svojim osećanjima. Svakodnevno se susretao sa tim. Posao mu je bio takav. Obavljao je svoju dužnost predano i vrlo revnosno. Nije nikada pokazao da je neki slučaj uticao na njegovu stabilnost, ni da je dokačio njegove emocije. Kolege su ga izuzetno poštovale, ali su ga se pomalo i pribojavale. I to je smatrao normalnim, očekivanim.

Sve je kod njega bilo onako kako je trebalo da bude. Rođen je u srećnoj, imućnoj porodici, vaspitan dosta strogo, ali i s ljubavlju, kao dete iz priručnika za uspešno roditeljstvo. Školske obaveze je obavljao onako kako se od jednog deteta iz dobre porodice i očekivalo. Studije isto tako. Nikada nije učinio ništa nepromišljeno, ni pogrešno.

A onda je u njegov život ušetala Ana, baš u momentu kada je i trebalo da pronađe ljubav. Ni prerano, ni prekasno. Njegov planski um je odmah odredio njeno mesto. Bila je, naizgled, onakva kakvom je i zamišljao još od pubertetskog doba. Lepa, pametna, obrazovana, obzirna, kao da je čitav život provela u nekom svetski poznatom internatu za devojke. Imala je i neku čudnu osobinu, koju do tada nije sreo. Iz njenog osmeha su vrcale strele čitavog spektra čudnih osećanja, njena duša je tražila zaštitnika, a glas podanika. Neko bi možda pomislio da bi ovakav spoj odbacio Svetislava, ali nije. Privukao ga je i vezao vrlo čvrsto. Čak ga ni njena čudna porodična priča, splet ljubavi, bola, patnje koji sami sebe uništavaju i ponovo rađaju, nije obeshrabrila. Nikada je nije u potpunosti shvatio, mada je prvih godina pokušavao. Nisu njegovi roditelji bili oduševljeni ovom vezom, još manje brakom koji je usledio, ali on je bio siguran u svoj izbor i nije odustajao od njega. Voleo je Anu od prvog sekunda. Iz nekog nepoznatog razloga, osećao je da i ona voli njega, iako to nikad nije rekla. Mislio je da su predodređeni jedno drugom, da su komadići koji se savršeno uklapaju. Bolni trzaj mu zaškripa u grudima. Još uvek tako misli.

Uđe Svetislav u svoju kancelariju Treće policijske stanice brzim poslovnim korakom. Po užurbanosti koja je vladala svuda naokolo shvati da ni ovaj dan neće proteći mirno. Oštrim pokretom očnih jagodica zaustavi uzdah koji je krenuo negde iz dubine grudi. To je bila njegova sposobnost, način da kontroliše. „Možda je i bolje tako. Rad će me okupirati", pomisli i uze gomilu papira sa stola.

U kancelariju ulete mlađi poručnik i pomalo spetljano požele „dobro jutro”.

— Gospodine, imamo slučaj. Novo naselje, bračna svađa, pokušaj ubistva i samoubistva.

Svetislav ga upitno pogleda.

— Ekipa Vas čeka na terenu.

— Odmah krećem — mehanički izgovori i spusti one papire na sto.

Užurbano se uputi ka službenim kolima. Ovakvi slučajevi su mu najteže padali. Porodične tragedije. Nikada ih nije mogao u potpunosti dešifrovati. Šta je to u čoveku što ga nagna da počini nešto svirepo i surovo osobi sa kojom deli život, osobi kojoj se nekada radovao, koju je nekada voleo? Čudne su spone ljudskog srca i uma.

Scena na terenu je bila više nego jeziva. Nasred ulice je ležalo telo muškarca, starog nekih pedesetak godina. Nije bilo nepomično. Potresali su ga neki čudni grčevi. Oko njega ogromna lokva krvi. Kraj stisnute desne ruke je ležao pištolj. Pola glave je bilo razneto, levo oko ispalo od siline pucnja. Na trotoaru je stajao parkiran novi automobil. Telo žene se skrilo tik iza suvozačevih vrata. Lokva krvi i oko njega, prostrelna rana kroz grudni koš. I ono se trzalo. Zadnja vrata su, takođe, zjapila otvorena. Još je neko bio u kolima. Svetislava prođe grozničava jeza. Ko? Osvrnu se okolo.

Skupljali su se radoznali prolaznici. Dve devojčice su se tresle na trotoaru. Bez obzira na gomilu okupljenih znatiželjnika, izgledale su kao pusto, daleko ostrvo. Neka žena je hodala oko njih i pokušavala da kaže nešto. Da uteši, verovatno. Kako? Nije znala ni sama. A i da je znala, one je ne bi čule. Užas je ispunio njihova tela i uzeo ih pod svoje. Više nisu bile tu. Teško da im je iko od prisutnih mogao pomoći. Da, to je ono čega se plašio. Deca su bila neposredni svedoci. Ova činjenica ga paralisa na trenutak, ali on jednim pokretom očnih jagodica vrati svoju prisebnost.

Broj posmatrača se iz sekunde u sekundu povećavao. Svetislav pogledom pokaza najbližem policajcu na njih i ovaj ih istog sekunda poče rasterivati. Ljudskoj znatiželji nema kraja. Spremna je i da preskoči leševe da bi se zadovoljila, a on to neće dozvoliti. Nikad nije, neće ni sada.

Ubrzo stigoše i kola hitne pomoći — prva, druga, treća. Mirno naselje je odzvanjalo od zlokobnog odjeka sirena. Policajci su funkcionisali kao navijen časovnik rukovođeni samo pogledima svoga šefa. Navikli su da tako rade sa njim. I navikli su da zadrže sve svoje osećaje i komentare u sebi. Nije dopuštao nikakva iskliznuća u privatnost i emotivnost.

Uviđaj je izvršen u rekordnom roku, kao što uvek i biva kad je Svetislav Jovanović na dužnosti. Tela su prebačena u Urgentni centar. Postojale su male šanse da prežive. Dve devojčice, od jedanaest i šesnaest godina, te noći su prepuštene medicinskom osoblju, a zatim sebi, komšijama, rodbini. Roditelji su ih osudili da budu obeležene za čitav život. Niko, sem njih, neće znati kako to zaista izgleda. Otac je, na njihove oči, nakon kratke svađe, pucao prvo u majku, pa u sebe. Šta je mogao biti razlog ovakvog zločina, zločina prema deci? Svetislav Jovanović, bez obzira na svoje višegodišnje iskustvo i sve svoje znanje nije mogao ni naslutiti.

Voleo je svoj dom. Oduvek. Tako ga je brižljivo gradio svih ovih godina. Sa njom. Bilo je to njihovo utočište, njihova oaza u ovom ludom, milionskom gradu. Voleo je izgled svoga doma, spokoj koji je on pružao, miris koji je imao... Miris... Njihov dom je mirisao na Anu, Anu — srećnu, tužnu, luckastu, zabrinutu, histeričnu, smirenu, uvređenu, nasmejanu, bolesnu... Imao je i njene boje. Svaki put drugačije. Da, ona je bila njegov dom. Nikada joj to nije rekao. Nije smatrao potrebnim. To se podrazumevalo. I nikada joj nije pokazao koliko ga je doticalo svako njeno obličje, koliko je patio što neka od njih nije uspevao da razume. Najteže mu je padala njena česta, bezrazložna tuga, gomila nezadovoljstva koja je izbijala iz nje. Znao je da nije dovoljan, ma šta činio i ma koliko to želeo, da je spreči, odagna, porazi. Ana, sa svojim padovima, jedini je slučaj koji Svetislav nije uspeo da reši, iako je radio na njemu punih dvadeset godina. Nije joj ni to nikada rekao. Ćutao je. Želeo je da ona dokuči njegovo ćutanje.

Nije shvatao da ona nije imala potrebu za tim, da nikad neće ni pokušati tako nešto. Ona je bila bitna, njena osećanja su bila bitna, ne on. Ana je postojala da bi nju neko voleo, da bi nju neko razumeo, da bi nju neko tražio. To kod nje, ma koliko čudno zvučalo, nije ličilo na sebičnost. Nije to ni bila sebičnost. Znao je to svako ko ju je upoznao, svako ko ju je voleo. Bilo je to nešto što se podrazumeva. Ispod anđeoskog lica i ponašanja krila se skoro demonska sila koja je privlačila, terala na ljubav, ne ljubav, obožavanje, žrtvovanje, patnju. Svetislav je kasno otkrio razorno dejstvo te sile, no mislio je da će uspeti da je savlada svojom snagom, smirenošću i sposobnošću organizacije. Nažalost, nije nikad uspeo. Pitao se sada šta bi učinio da je znao da će ovako biti. Da li bi odustao od nje? Da li bi žrtvovao sve ove godine i sva ova osećanja zarad savršenstva kojem je težio, koje je uspevao da ostvari, a koje je ona kvarila.

Očne jabučice mu se oštro zaokrenuše. Bio je to skoro nevidljiv pokret, skriven ispod sjajnih stakala njegovih naočara.

Nije mogao da je shvati. Trebalo je da bude srećna. Pružio joj je ono što nije imala — ljubav, mir i stabilnost. Zašto to nije umela da ceni? Zašto joj to nije bilo dovoljno? Šta je to što bi je učinilo srećnom?

Hodao je po stanu tražeći nešto. Činilo mu se da je iznenada zaboravio šta to treba da nađe, a bez toga nije mogao. Svaki ga je šum podsećao da je sam, užasno sam. Ovaj put izistinski sam.

Uvalio se u svoju omiljenu fotelju i nespretnim pokretom uzeo daljinski upravljač. Prst je sam radio svoje. Smenjivale su se slike i izmešani glasovi. Nije uspevao da čuje nijednu reč. Prebacivao je sa kanala na kanal. Pogled mu je bio hladan, odsutan, dalek.

Pred njegovim sopstvenim ekranom počeše da se smenjuju slike: upoznavanje, prvi izlazak, njen smeh, Ana kako spava, venčanje, prve svađe, njene prve histerije, smeh, plač, ćutanja, deca, skrivanja, ponovo smeh, svađe, nezadovoljstvo, skrivanja, smeh, njena odsustva, smeh, dan kada se vratila od lekara, suze, bolest, njeno slikanje, ćutanje, ćutanje, ćutanje, njene reči... spakovan kofer i odlazak... Film se vrteo i vrteo. Pratili su ga i glasovi izvučeni iz davnih trenutaka, pa bačeni sada pred njegovu dušu, glasovi sreće, nemira, tuge, glasovi njihovog života.

Bolna praznina i nemoć su obuzeli dušu Svetislava Jovanovića. Njegova kutijica je ostala bez svog najznačajnijeg dela. Nije voleo nesavršenstvo i nije mogao sebi da dozvoli da mu sopstveni život bude upropašten. Kako će to srediti?

Drum nikada nije asfaltiran. Otac nije uspevao da se popne kolima uz njega zimi. Ne samo zimi. I kiša bi pravila problem, jer je bio neravan, sklon odronima, spoj šljunka, zemlje i krupnog stenja. Kakav spoj! Zar on ne ocrtava i njihov porodični karakter? Na momenat se ponovo oseti kao ona devojčica sa paž frizurom, što je virila sa zadnjeg sedišta automobila koji se truckao, odskakao, a ona jedva čekala da stane, da poleti babi i dedi u zagrljaj.

Sad nije imala kome da žuri. Nosila je kofer. Prebacivala ga je iz ruke u ruku. Sunčane naočare je podigla na glavu. Morala je sve da vidi u pravom svetlu.

Zastajala je na trenutke i osvrtala se. Okolo šumarci, beskrajno zeleni. Ko bi rekao da postoji toliko nijansi zelenog? Sunce se prelivalo, njegova svetlost je udarala o krošnje drveća, odbijala se i skakutala na sve strane, začarana onim zelenilom. Ofarbana. A na dnu brega put. Krivudav, neasfaltiran. Do njega je poljana, njihova „ravnica", omiljeno mesto za igru i druženje, uokvirena blistavom, brzom rečicom. O, bože, kako je mala ova reka, a u njenom dečjem mozgu je ostala zabeležena kao nešto veliko. Kako li su samo svi stajali u nju da se kupaju? Na desnoj obali se još uvek nalazi stena na kojoj su se sunčali. Tu su se igrali i družili, stalno nešto smišljali, pravili brane od kamenja, organizovali ekspedicije, pravili bazene za punoglavce. Na momenat začu graju, ciku, vrisku, dečji smeh. Raspršiše se blistave kapljice vode na sve strane i nastade čudesna duga kada se sunce prolomi kroz njih. Čak joj se učini da je sve to uokvireno pozadinskim zvukom lupače. Očigledno je na reci bila i neka žena. Prala je veš.

Trže se. Kapljice znoja su joj se slivale niz lice. Poljana, stena, reka — sve je bilo pusto. Prošara pogledom i okolna brda. Razbacane kućice i kuće, male i velike, stare i nove, poznate i nepoznate. Sve je delovalo potpuno uspavano. Jedini zvuk koji je čula bio je zvuk koji je odavno zaboravila, pa ga nije odmah ni registrovala, sliveni zvuk prirode. I cvrkut, i pesma, i žubor, i šum. Koliko samo život ima obličja i lepota! Jedina kojoj je suđeno da bude večna je lepota prirode. Ma koliko pokušavao da je nadmaši, da je obuzda, sputa, pa i da je uništi, čovek je bio suštinski nemoćan pred njom. Istresao je na nju često svoje komplekse niže vrednosti, ali je ona uvek stajala visoko, ponosno iznad njega. Na kraju krajeva, on je bio njen komadić, ne ona njegov. Znala je da joj se mora vratiti, ili ga neće biti. Samo je on to zaboravljao.

Još par koraka i tu je, na kapiji. Vreme je učinilo svoje. Nagrizlo je sve što se nagristi moglo. Tragovi drvene ograde su zarasli u gustu travu. I staza je zarasla. Na njenom kraju bela kućica. Oronula. Umesto prozora zjape crne rupe iz kojih izbija neka preteća hladnoća. Upozorava da život ovde više ne stanuje. Kraj kućice naheren drveni vajat, baš onaj u kom se nekada sušio sir, dimilo meso... Na drugom kraju dvorišta loza, ispod nje poluraspadnut sto. Drveće je ostalo. Na istom je mestu, samo je deblje, starije. I jedna ruža, kraj česme. Bujnija nego pre.

Ne bi znala Ana da kaže kako se osećala, da je neko pitao. Čudno, neočekivano. Nije plakala i nije puno bolelo. Bar to nije bila nijedna od poznatih vrsta bola. Nije se ni plašila. Bila je svoj na svome. Sede na rasklimanu klupu ispod lozovika. Pokuša da sabere svoje misli i osećanja, ali sećanja krenuše da nadolaze. Klupa ispod nje žalosno zacvili i zaljulja se. Tišina letnjeg dana odjeknu ovim usamljenim krikom. Ustade polako sa klupe i ne odvajajući pogled od kuće, spusti se na travu. Rukama čvrsto obavi kolena i zaljulja se. Drage prilike, poput duhova, jurnuše na nju sa svih strana. Nije im se opirala. Želela ih je. Sklopi oči i zaroni u zaboravljeni život, u život kada je još uvek bila Mirjana.

Ivan Mirić je sedeo zavaljen na svojoj senovitoj terasi. Upijao je jutarnje zrake sunca svakom svojom porom. To je bio njegov svakodnevni ritual. Punio se energijom. U ovim trenucima nije razmišljao ni o čemu. Činilo mu se da bi i misli narušile jutarnji mir, da bi otežale protok energije.

Ljutio se Ivan na svakoga ko bi mu prekinuo ove seanse. Nije se ustezao ni da svoju ljutnju pokaže. Nije se ovaj čovek nikada i ni od čega ustezao. Uzimao je ono što je želeo, odbacivao je nepotrebno. Govorio je sve što mu je dospevalo na jezik, tako da se ni reči ni želje nisu kod njega dugo zadržavale.

Prihvatili su ga ljudi kao takvog. Naučili su da je takav. Kada su mogli, zaobilazili su ga, kada nisu imali izbora, prihvatali su njegova pravila ponašanja. Nisu ga voleli. Nije imao prijatelja. Iskreno govoreći, Ivan ih nije ni želeo. Prijateljstvo je za njega bilo specifična vrsta egzibicionizma, potreba čoveka da prikaže svoje nakićeno „ja" nekom, nazovi bliskom. Niti je „ja" bilo „ja", niti druga osoba može biti bliska, smatrao je Ivan Mirić. Zapravo, on o tome uopšte nije ni mislio, samo bi to tvrdio kada je bilo prilike za tako nešto.

U ljudima je video samo ličnu korist. Ne, nije ona morala biti materijalna, dovoljno je bilo da bude upotrebljiva na bilo koji način. Sva društvena bića su takva upravo iz lične koristi. Tako je odvajkada bilo, tako će uvek i biti. Današnji ljudi pokušavaju da pokažu da su nešto iznad toga, pa se često sami slupaju u svojim nastojanjima. Nerviralo je to Ivana. A kad bi njega nešto nerviralo, postajao bi vrlo agresivan. Nije uspevao da svoj bes kontroliše. Iskreno, reklo bi se da najčešće nije ni pokušavao. Zato je tako rano i otišao u penziju. Osetili su njegovu nekontrolu mnogi. Žena je trpela par godina, pa otišla i odvela decu. Smenjivale su se ljubavnice. Oduvek je bio slab prema ženama, iako je sa sigurnošću mogao tvrditi da je svaka od njih osetila njegovu čvrstu ruku. Ta činjenica mu je laskala. Lepo se osećao u tim trenucima svoje nadmoći. I to je bilo iskonsko, još od čopora. Uvek su slabiji morali da se pokore jačima. U svakom pogledu. A najjači su dobijali sve što žele.

I Ivan je zahvaljujući svojoj jačini dobio penziju u godinama u kojima je niko drugi ne bi mogao ni sanjati.

Preispitivao se neko vreme šta će, kako će, gde će, a onda mu je sasvim iznenada iskočila prilika da kupi kuću u ovom zabačenom bosanskom selu. Odmah je znao da je to mogućnost koja se ne propušta.

Dolazio je ovamo par puta, kao mladić, kod rođaka. Zapravo, u susedno selo. Dobro su se provodili tada, sve do prve kazne. Baš ovde su napravili glupost, sa nekom klinkom. Ništa posebno, ali bili su uhvaćeni. I odležali su svoje. Od tada je obeležen. Ostatak života je proživeo u skladu sa tim pečatom.

Upravo ovde je našao i svoj mir. Kuće su uglavnom bile napuštene. Rat je većinu meštana rasterao. Rasuli su se na sve strane sveta — ko je koga gde imao. Retki su ostali. Još ređi su se vratili. I tih par komšija što je imao nije mu dosađivalo. Brzo su uvideli kakav je, pa su gledali da im se putevi ne ukrštaju bespotrebno. A to je i njemu odgovaralo.

Žmurio je, zavaljen i potpuno opušten. Ništa nije moglo poremetiti ravnotežu ovoga letnjeg jutra. Topli zraci sunca su se probijali kroz tršćani krov terase. Ispred njega se lagano hladila kafa. Pravio je neobične kolutove dima. Svaki put kada bi prineo cigaretu ustima ispuštao je mljackajući zvuk.

Zaškripa ulazna kapija. Nije dozvolio sebi da ga ovaj zvuk poremeti. Začuše se koraci. I dalje ostade miran. Često je to radio svojim komšijama. Pravio se da ne primećuje njihovo prisustvo, pa su ako im nije baš ništa hitno trebalo, odlazili, plašeći se da ga ne uznemire. Ivan pomisli da će i ovaj put biti tako, ali ga nepoznato, zvonko „dobro jutro" uveri da greši. Od čuda nije uspeo da odmah otvori oči, a ni da se pridigne. Učini mu se da liči na izvrnutu bubu koja pokušava da se okrene, a zapravo samo bespomoćno mlati nogama.

— Izvinite ako sam Vas uznemirila — nastavi glas.

Ivanu zastade onaj uvučeni dim u grlu, pa se zagrcnu. Poče sav da se trese. Ana mu pritrča, povuče ga napred, da se ispravi ne bi li došao do daha. Ovaj ga dodir dodatno zaprepasti. Kakvo bunilo!

Trebalo mu je vremena da se povrati. Osećao je da čudesna prilika stoji kraj njega i pomno prati svaki njegov pokret.

— Očigledno da jesi! — uspe nekako da izgovori otvarajući oči. Glas je trebalo da mu zvuči ljutito i oštro, ali zbog onog kašlja izgubi svoju boju i postade smešan. To ga još više razljuti i spremi besan pogled, ali se ovaj razbi susrevši se sa Aninim pitomim očima.

— Oprostite, nije mi to bila namera. Došla sam samo da Vam se javim. Videla sam da ima nekoga. Sada smo prve komšije.

Upitno ju je gledao. Nije bio siguran da li je prilika ispred njega stvarna ili ga je prevario san. A ona je nastavila da priča. Čuo je samo glas. Teško mu je bilo da razdvoji njene reči. Kao da su se slepile jedna za drugu. Njegov sluh i njegov um su kasnili za njima, i to poprilično.

— Ovo, preko poljane, moja je kuća — reče pokazujući na oronulu i napuštenu straćaru. On je još čudnije pogleda. Ona se nasmeši. Rasu se neka blagost sa njenih usana. — Mislim, biće moja kuća — a onda ponovi onu čaroliju sa smeškom. — Bila je. I jeste.

„Kakvo je ovo stvorenje i šta mi ovo priča?", upita se Ivan Mirić. Gledao ju je sa nevericom.

— Pa? — otegnuto se izvuče sa njegovih usana.

Žena se u trenu zbuni, ali ne potraja to dugo.

— Htela sam samo da se upoznamo. Ja sam Ana.

Njena ispružena šaka je hitala ka njegovoj. Odmeri je hladno. Ona je već krenula da je povuče shvatajući na kakvog je čudaka naišla, ali je njegova gruba, čvrsta desnica uhvati i stisnu. Bio je to čudan stisak. Jak. Gromovit. Protresla ju je jeza od njega, kao da je dodirnula prazninu. Pokuša da uhvati pogled svoga sagovornika, ali joj to ne pođe za rukom. Piljio je u njenu pripijenu majicu i njoj postade neprijatno. Požele da što pre nestane.

— Ništa. To bi bilo to. Još jednom, izvinite na smetnji — izgovori u dahu i okrete se da pođe. Čudak ništa nije izgovarao, a onda je negde na kapiji stiže njegovo promuklo i odsutno „Ivan”. Osvrte se. Nije bila sigurna da li je to bio njegov glas ili joj se samo pričinilo.

— Ivan. Rekoh, zovem se Ivan — nije bilo prepoznatljive grimase na njegovom licu, niti prepoznatljive boje u njegovom pogledu.

Ana se usiljeno nasmeši i klimnu glavom.

Gledao ju je kako hitrim korakom grabi kroz šljivik. Znao je da želi da se osvrne, da se uveri da nema nikog iza nje. Njegov pogled ju je u stopu pratio. Bio je siguran da ga je osećala i tog, a i narednih dana.

Uredno, strpljivo i uporno je Ivan Mirić pratio sva dešavanja u susednom dvorištu. To mu je postalo celodnevna zanimacija. Našao je dobro mesto u svojoj bašti odakle je mogao neopaženo posmatrati šta nova komšinica radi. Danima je izoštravao svoj sluh ne bi li čuo o čemu razgovara sa majstorima koji su radili na kući. U sumrak bi umeo i da se odšunja do njenih prozora. Grabio je mrežu svetlosti i senki koja je izbijala iz njih, upijao smirujuće zvuke njenih večernjih aktivnosti. Ličio je na veliku, olinjalu zver koja je odmeravala svoj plen sa svih strana. Što je najčudnije, nije ni sam znao zbog čega to radi. Bila je privlačna, ali ništa posebno i spektakularno. Viđao je, pa i imao lepše. Crte lica su joj bile blage i meke, ali je njihov sklad narušavao čudni, krivi, poveliki nos. Taj spoj je na Ivana delovao nekako čudno, zastrašujuće prepoznatljivo, mada u gospođi niko ne bi mogao pronaći ni tragove bilo kakvog razloga za strah. Bila je negovana. Godine su se mogle samo naslutiti. Reklo bi se da život nije provela na selu. Očigledno je bilo i da joj novca, snage i organizacionih sposobnosti nije nedostajalo. Brzo je ona sređivala napušteno imanje i trošnu kućicu. Svaki dan bi ostavio za sobom vidljivi napredak.

Nije znao kakvi ga to porivi vuku ka njoj. Pratio je njene poteze kao što neko prati televizijsku seriju. Nije puno razmišljao o njihovom značenju, jer nije voleo da razmišlja, ali je svoje dane organizovao u skladu sa njima. Ana je ostavila jak utisak na njega. Nije bio siguran kada ga je poslednji put neka osoba ovako zainteresovala. Ali to nije nagnalo Ivana da ode do nje, da je poseti ili da joj ponudi svoju pomoć. Više mu se dopadalo da bude nemi posmatrač. Slutio je da ona oseća njegove poglede, njegovu usmerenost. Nešto se čudno desilo prilikom njihovog susreta, kao da su se dva nespojiva sveta sudarila i iznedrila čudni magnetizam. Ivan Mirić je odlučio da mu se ne preda, nego da mu pokaže svoju snagu, svoju nadmoć.

Stajala je naga ispred velikog ogledala uokvirenog baroknim ramom. Beogradsko jutro se probijalo kroz spuštene roletne. Želelo je da uđe u njen uredno sređeni stan na devetom spratu jednog solitera u uskom centru grada. Nije bila sigurna da li želi da ga pusti unutra.

Posmatrala je svoj odraz. I posle ovoliko godina ličila je na gazelu. Struk joj je bio vitak, noge i ruke duge, mišićave, grudi malo veće no što je trebalo, no što je želela. Ali, nisu joj smetale. Štaviše, volela ih je. Volela je svaki milimetar svoga tela. Bila je od onih žena koje se ne ustežu da to i pokažu.

Pređe ispitivačkim pogledom preko svoje siluete. Zaustavi se na očima. Bile su duboke i sjajne. U momentu postadoše vlažne. „Šta vidiš, Jano? Ko si ti?" Nije bila sigurna da li prepoznaje osobu sa druge strane. Ponekad je plašila dubina njenog pogleda. Negde na dnu je bilo nečeg mračnog i bolnog. Nikad nije imala smelosti da zaroni do kraja, da ispita sve uvale. Možda je zbog toga veći deo života imala osećaj da je nešto, jako bitno, zaboravila. Koliko je želela da otkrije šta je to, toliko je i strepela od toga. U takvim momentima se predavala svome životu i njegovoj vrtoglavoj brzini. Trudila se da ga uredno živi, da svaki njegov trenutak ispuni. Uglavnom je uspevala u tome.

Uzdahnu duboko. Grudi joj se zatresoše. Podiže obe ruke visoko. Levu šaku spusti na desnu dojku. Prsti se ukočiše. Izdadoše poslušnost. I pogled joj se ukoči. Pribojavala se ovog dodira. Ruka pobeže. Ponovo uzdahnu. Morala je to učiniti. Zaroni u odraz svojih zenica i krenu ispočetka. „Ovo je tvoje telo, Jano. Tvoje. Živela si sa njim sve ove godine. Nemaš čega da se plašiš." Prsti su se tresli, ali su ostali tamo gde ih je postavila. Iz dubina njenog pogleda izroniše sitne kapi. I zube je stisla. Odbijali su da se spoje. Cvokotala je sve jače. Čitavo lice joj je obuzeo neki čudan, jak grč. Prepoznala ga je. Bio je to očaj.

Kao oparena, skoči, a onda se nemoćno stropošta na pod. Tu je. Ovaj put joj se nije učinilo. Tvrda izraslina ispod njenog mekog tkiva je preteći i nedvosmisleno pokazala svoje prisustvo.

Prikupi delove svoga tela. Rukama čvrsto obavi svoje vretenaste noge. Zaljulja se u ovom položaju. Nije bilo misli, nije bilo suza. Ničeg nije bilo. Ljuljala se tako po praznini neko vreme. Koliko je to trajalo, nije znala.

Ustade polako, kao da se plaši da ne probudi stranca u sebi. Odgega se prostranim hodnikom do spavaće sobe. Pogled joj se prikova za krevet. Nije ga namestila. Na njemu su još uvek stajali obrisi njenog tela, a preko njih se poigravala senovita svetlost. Šarali su pobednički zraci njen zgužvani prekrivač.

Okrete se i otvori garderober. Vrhovima jagodica pređe preko svojih uredno složenih stvari i one zaigraše. Oduvek ih je slagala prema boji — od najsvetlije do najtamnije nijanse. Kratko osmotri, a onda izabra svilenkastu tuniku. Kao dete je imala jednu igru, neko svoje lično sujeverje. Verovala je da joj neki delovi garderobe donose sreću, pomažu da se izvuče i iz najtežih situacija. Pred oči joj izađe jedna šarena dukserica, nešto što sada ne bi obukla ni u kom slučaju. Nije joj se ni tada, u gimnaziji, nešto posebno dopadala, ali joj je pomagala, tako da je redovno nosila utorkom i četvrtkom. Osmeh joj izbi na usne. Tim danima je imala fizičko kod strašne Rose, a bila je poprilično smotana. Rosa nikako nije imala razumevanja za to. Trudila se Jana, ali to nije bilo dovoljno. Morala je da prizove i čudesnu duksericu u pomoć. A ona je pomagala.

Šta su joj nekada bili problemi i čime se opterećivala? Kada bi čovek mogao da se vrati, samo na tren, da pokaže sebi koliko bespotrebno i ludo troši dragocene trenutke bezbrižnosti. Ali, ne može. Ni ona sada ne može da prizove čarobnu dukséricu u pomoć, a dobro bi joj došla.

Nabaci garderobu na sebe. Na redu je bila šminka. Volela je da se šminka. To je opuštalo. Volela je i da bude našminkana. To joj je davalo neku sigurnost. Štitilo je njenu nesavršenost i ranjivost, štitilo je njeno pravo lice.

Začu se okretanje ključa, a zatim prigušeno otvaranje vrata. Jana se trže, baci još jedan pogled na svoj odraz u ogledalu i pokuša da prizove osmeh. Prođe dugi hodnik čvrstim, žurnim korakom. Na ulasku u dnevnu sobu srete se sa njegovim pogledom. Svetislav se vratio iz noćnog dežurstva. Popravi svoje naočare, osmeh mu zaigra na rubovima usana.

— Dobro jutro! — izgovori prigušeno dok su se njegove ruke sklapale oko njenog struka, a njegova glava bila sve bliže njenoj. — Vi ste se to već negde spremili, gospođo Jovanović?

Postade joj neprijatno u ovom zagrljaju. Učini joj se da je guši, previše stiska, ali nije htela da mu to pokaže.

— Dobro jutro, gospodine Jovanoviću! — razli se sa njenih usana praćeno zagonetnim osmehom. — Kako Vam je protekla noć?

Levim kažiprstom poče da šara po njegovom glatkom licu. Iskoristila je ovo da se bar delimično oslobodi njegovog stiska. Tražila je tragove umora. Nije uspevala da ih vidi. Bio je njen muž specifičan po tome. Posao je ostavljao ispred vrata. Ali, ne samo posao, već i umor. Za sve ove godine braka nije uspela da ih vidi. Prećutno je i od nje očekivao isto. No, ona nije bila kao on. Trudila se, ali jednostavno nije joj uspevalo. Vremenom je počela da se oseća loše jer nije bila u stanju da ispuni jedno obično očekivanje, pa je počela da beži i da se krije svaki put kada bi je nešto na poslu ili oko posla uzrujalo. Krila se i kada je bila umorna, tužna, besna, bolesna. Osećala je da je on ne želi takvu, a ona nije želela da ga razočara.

Iz nekog nepoznatog razloga je u njoj, oduvek, živela ta potreba da druge zadovolji, da bude onakva kakvu je oni žele, onakva kakvom je oni zamišljaju. Nije nikada Jana pričala sa nekim o ovome i nije se to odnosilo samo na bliske ljude, već na ljude uopšte. Brzo bi ona prosudila kakvom je ko zamislio i postajala je takva. Doslovno. Kao kameleon. Dešavalo se da je ovakve situacije odvedu u laži, da mora da prećuti ili prikrije istinu, ali nije mogla da im se odupre. Vremenom je počela da se preispituje da li to čini zbog drugih ili zbog sebe, da li ona to ne želi druge da razočara ili, jednostavno, ne želi da se drugi razočaraju u nju. Možda je želela da u svačijem pogledu vidi svoj savršeni odraz. Možda joj je tako i slika u sopstvenim očima izgledala lepše, bolje.

Svetislav uzdahnu. Ispod tankih stakala njegovih naočara se moglo nazreti da su mu očne jagodice napravile oštar zaokret.

— Noć kao i svaka druga. Kakva je uopšte noć u džungli? — odsutni i hladni ton je podseti da nema potrebe ići dalje u ovom smeru. Njegove ruke nehajno skliznuše sa njenog tela. Ona oseti olakšanje zbog toga.

— Istuširaću se, pa ćemo doručkovati — dobaci joj izlazeći iz sobe.

Na samim vratima zastade, kao da se nečega setio. Ispitivački je pogleda.

— Gde si se ti to spremila?

Prišla je prozoru i hitrim okretom pustila dan u sobu. Kapci joj se strovališe pred naletom sunca. Oseti toplinu na svakom svom damaru.

— Moram do lekara — izgovori ne otvarajući oči i ne okrećući se.

I sama se iznenadila čudnom jednostavnošću i lakoćom svoga odgovora.

— Lekara — ponovi on.

Njegov ispitivački um nije video ništa sumnjivo u njenom lakonskom odgovoru.

— Imaš li neke planove za kasnije?

Kasnije? Šta krije u sebi to kasnije? Stresla se i odrično odmahnula glavom.

— Odlično. Odmoriću se, pa bismo mogli sa Jankovićima na ručak. Lepo je vreme. Bila bi šteta da ga ne iskoristimo.

„Šteta je ne iskoristiti vreme. Prava šteta", ponavljao je neki glas u njenoj glavi. Gledala je odsutno kroz prozor. Tamo dole je bio život, i svet, naizgled isti kao i svih prethodnih dana, godina. Bujao je i širio se, zujao, grajao, žurio negde. Ponovo se osetila kao njegov posmatrač, zatvoren u neki kavez iz koga se pruža predivan pogled na sve radosti.

I baš kao nekad, poželela je da životinjski rikne, da se čuje da je i ona tu, da postoji. Želela je da dobije nadljudsku snagu koja će zauvek slomiti rešetke toga kaveza, a nju osloboditi. Trčala bi ulicama, bez ikakvog cilja, vrištala, pevala, ljubila nepoznate prolaznike, vrtela se obasuta svetlošću, opijena slobodom.

— Jano? — začu iza sebe.

Okrete se prema glasu, kao slepi poslušnik, tek probuđen iz dubokog sna.

— Nisi mi ništa odgovorila — ispitivački je gledao u njeno lice.

Znala je da je bio svestan njenog odsustva. Ali, zar mu je to bilo čudno nakon toliko zajedničkih godina? Ta, ona je retko bila prisutna!

— U redu je — smogla je dovoljno prisebnosti da izgovori.

— Da li se dogodilo nešto što treba da znam? — nije odustajao. — Nekako si mi čudna.

Njegov pogled je skenirao. Pokušala je da se sakrije. Tragala je za ušuškanim skrovištem u sebi, ali nije ga pronalazila. Sve unutra je bilo tamno, nepoznato, bolno. Oseti se nemoćno i iznevereno. Ostala je i bez svoga skrovišta, prvi put. Nešto ga je zaposelo i opustošilo. Oči joj zaiskriše bolnim sjajem. U poslednjem momentu zaustavi erupciju vulkana koji je kuvao u njoj.

— Čini ti se. Samo sam loše spavala — pokušaj ležernosti joj zatitra oko usana.

— Ako ti tako kažeš — izgovori Svetislav, sleže ramenima i izađe iz sobe.

Dah tako silno jurnu u nju, da joj se učini da će se ugušiti. Pribra se i ode do kuhinje ne bi li obavila uobičajene aktivnosti. Rad ju je spašavao od loših trenutaka, loših misli, loših osećanja. Hrlila mu je u susret svaki put kada bi osetila da joj emocije izmiču kontroli. Mehaničko ponavljanje uobičajenih postupaka joj je prijalo. Praznilo ju je i njenu dušu vraćalo u stanje ravnoteže. Bio je to jedan od trikova kojima je vrlo često pribegavala. I uvek je uspevao.

Kada je Svetislav izašao iz kupatila, doručak je bio serviran. Sto je izgledao savršeno. Smeškala mu se sa svoje stolice. Znala je da on to priželjkuje. Njen odlazak kod lekara niko nije pomenuo.

Plašila se da će se ponovo probuditi njegov ispitivački pogled, pa je stalno okretala razgovor u neobične pravce. Ličila je sebi na nekog klovna, cirkusanta. Utroba joj se ledila, a ona je smišljala nesvakidašnje, zanimljive pričice ne bi li zabavila muža, kao kakva luđakinja.

Laknulo joj je kada je Svetislav otišao da legne. Bila je opet sama i svoja. Pospremi kuhinju, odmeri još jednom svoju sliku u ogledalu, nasmeši se zadovoljna onim što ugleda i krenu u susret sudbini.

Početni strah i užas su je napustili. Oduvek je sebe smatrala nežnom, krhkom i previše emotivnom. Život joj je pokazao da nije bila baš takva. Bila je borac. Umela je da se suprotstavi izazovima. Prvi dodir sa teškoćom bi joj padao teško i bolno, a onda bi se u njoj budila neka druga Jana, Jana koja je volela da pobeđuje i da svetu pokazuje svoju snagu. U najtežim situacijama je iz nje navirala svetlost, izbijao smeh. Odnekud je bujala pozitivna energija i imala ju je na pretek. Obasipala je njome sve oko sebe. I tako je bilo uvek. Kod malih, ali i velikih problema. Poslednju deonicu trke je trčala najbrže, najlakše, najbolje. Da li će i sada biti tako?

Ordinacija je bila prostrana, senovita. Doktor je sedeo preko puta nje, ozbiljnim pogledom skenirao njen karton. Uredno potkresana brada, pregršt sedih, dostojanstveno držanje i stabilan glas su joj ulivali poverenje. Oduvek je doktore tako i zamišljala.

Skrenuo je pogled sa kartona na nju. Nakašljao se blago.

— Hoćemo li? Kad ste već tu, možemo uraditi kompletan pregled. Niste dugo dolazili.

Nije dugo dolazila, zaista. Smešno i glupo izgleda reći da nije nalazila vremena. Čini se više da nije nalazila potrebe, ako se potreba ikako može naći. Nije bila sigurna da li je ova njegova konstatacija okrivljujuća. Uprla je ka njemu pogled deteta uhvaćenog u laži, nestašluku. Njegov izgled nije odavao nikakvo dodatno osećanje. Nerealno je bilo i očekivati nešto takvo. Koliko pacijenata ima dnevno?

Samo je konstatovao činjenično stanje.

Ustala je nekako sa stolice. U momentu je pomislila da neće uspeti, da je zalepljena za nju. Nespretnim korakom se uputila ka kabini. Ruke i noge su joj postajale drvenaste. Ne zna kako se svukla, kako je okačila svoje stvari na vešalicu, ni kako se našla na glomaznom ginekološkom stolu. Ovi stolovi su je oduvek plašili. Ličili su na sprave za mučenje. Ni silne godine, ni trudnoća i porođaj nisu uspeli da promene ovaj osećaj. Pokušavala je da se dobro namesti, da se opusti. Telo su joj prožimali kratki i oštri grčevi. Dugo vremena joj je to „opuštanje" bilo nemoguća misija.

Pred oči joj izađe njen prvi pravi ginekološki pregled, jedna od najvećih trauma. Otišla je na ginekološku kliniku sa drugaricom. Spremila se psihički dobro i baš kad je uspela da se namesti na velikom stolu, u ordinaciju je ušla grupa studenata. Nije bila mala grupa i nisu samo prošli. Došli su kod te doktorke da uče, očigledna nastava, i ona im je polako objašnjavala. Stajali su svi i gledali u nju, purpurno očigledno sredstvo, a njoj se činilo da umire pred njima. Vremenom je ova anegdota postala razlog za smeh. I sada joj izmami blagi osmeh.

Doktor je završio pregled. Ništa strašno, još manje bolno. Radio je nekako obazrivo, a njoj se činilo i temeljno. Pomogao joj je da se ispravi u sedeći položaj. Preplavio ju je talas olakšanja.

— Dajte sada da vidim grudi — izgovorio je mirnim tonom.

Odjeknuše ove reči po celoj utrobi. Skameniše joj onaj talas olakšanja, te on, tako skamenjen u punoj snazi, postade teško breme. Tupim pogledom je gledala u doktorov beli okovratnik. Njegovo lice je sada bilo tako blizu njenog, ne kao maločas. Stajao je ispred nje i čekao. Pogla je glavu. Krv joj je jurila svim perifernim krvnim sudovima. Nespretno je otkopčavala dugmiće na tunici. Stajao je i gledao je, mirno, bez reči. Prsti su joj se opirali pred naletom nelagode, naletom straha. Činilo joj se da bi joj bilo lakše kada bi se on odmakao, kada bi se okrenuo na drugu stranu. Ali, nije. Nekako se izborila sa tunikom. Vreme kao da je stalo, zarobljeno u jednom položaju kazaljke. Pogledala ga je poslušno. Pogled mu je i dalje bio staložen, a njoj je sve više smetala njegova blizina. Ponovo je krv poletela u njene obraze. Da li će puder uspeti da izdrži ovaj napad? Oborila je oči i polako skinula grudnjak. Još jedan momenat je stajao i posmatrao je, zatim su njegove ruke poletele ka njenim grudima. Telo je samo ustuknulo na tren, ali je uspela da ga vrati u normalu. „Ovo je samo pregled, samo običan pregled...", ponavljao je neki strani glas u njoj.

Doktorova ruka je naišla na čvorić. Zastao je. Njegove neme oči su se susrele sa njenim, punim pitanja i strepnje, a zatim se sav posvetio kritičnom delu njene desne dojke. Usledio je niz pitanja, niz njenih odgovora. Nije joj više bilo nelagodno. Osetila je potrebu da zajeca glasno na ramenu ovoga čoveka.

— Obucite se, pa dođite — izgovorio je. Učinilo joj se da mu je boja glasa nešto drugačija, ali više nije bila sigurna šta je stvarnost, a šta plod njene uzburkane psihe.

Obukla se brzo i spretno, kao neko ko se sprema za bekstvo. Sela je naspram njega. Pisao je po njenom kartonu. Gledala je hemijsku olovku kako užurbano popunjava redove sitnim slovima. Da je život roman, mogli bismo uvek uzeti gumicu i izbrisati red koji nam ne odgovara.

— Ne možemo ništa znati dok ne odradite sve preglede i analize. Da ne biste gubili previše vremena, daću Vam odmah uput za onkologiju. Idite što pre.

Gledala je u njegove duge, negovane prste. Širio ih je i skupljao, nad njenim kartonom. „Da ne bih gubila puno vremena! Dragocenog vremena? Na to vreme mislite, doktore? Mada, ako ćemo u metafiziku, svako vreme je dragoceno jer je jedinstveno i neponovljivo, a mi se, nažalost, doktore, ne odnosimo prema njemu tako. Zato ga i gubimo ne shvatajući da je to naš najveći gubitak.”

— Bitno je da budete smireni i prisebni. Nemojte dopustiti panici da Vas savlada — govorio je tiho.

Činilo joj se da to govori samo da bi nešto rekao, da popuni mučnu i zlokobnu prazninu koja je zjapila u prostoru između njih.

Nije mogla da pronađe nijednu reč u sebi koja bi bila spremna da se otrgne i skoči sa njenih usana u taj brisani prostor. Jedino je pogled podigla sa njegovih prstiju na oči. Bile su ozbiljne, a blage. Nije joj se dopalo što u njima vidi iskre nečega nalik na sažaljenje.

„Ne možeš da kažeš, a u devedeset posto slučajeva si siguran. Vidiš odmah po obliku i znaš da tu nema nikakve dvojbe. Pravila i etika ti nalažu da ne smeš da kažeš dok se to ne utvrdi analizom”, rekao joj je nekom prilikom jedan drug iz detinjstva, sada doktor interne medicine.

Otkuda izleteše ove zaboravljene reči nekog davnog, neformalnog razgovora i zašto su tu, u njoj, baš u ovom trenutku?

Doktor joj je preko stola pružio par uputa. Nesigurnim pokretom ruke ih je uzela, isto tako nesigurno ustala, usiljeno se nasmešila, zahvalila, poželela „prijatan dan” i izašla. Ispred ordinacije je strpala one upute u torbu. Energično je krenula. U glavi joj je odjekivao bat sopstvenih koraka, sitno udaranje potpetica o velegradski asfalt. Torba joj se činila neverovatno teškom, stranom i strašnom. Iz nje kao da je dopiralo zlobno šuškanje onih papira. Poželela je da je baci u prvi kontejner i da potrči iz sve snage, ali je bila skoro sigurna da bi oni papiri iskočili i iz torbe, i iz kontejnera i ludački se cerekajući, jurnuli za njom. Znala je da im ne može pobeći, da ne postoji mesto na kom se može sakriti od tih strašnih šuškavaca.

Da li si čuo za šuškavce? Ima ih svako od nas. Zna ih svako od nas. Žive po džepovima, malim i velikim torbama, prašnjavim škrinjama, u tamnim uglovima naših bića. Kriju se od svetlosti dana. Mogu biti dobri i zli. Dobri nam uvek nešto pružaju, a zli su opasni, imaju oštre zube i žele da nas povrede. Video si ih, sigurna sam, samo nisi znao da se tako zovu.

Nije mogla odmah da se vrati kući. Trebao joj je predah. Trebalo joj je malo vremena da sabere misli. Zidovi bi je ugušili. Suočavanje sa Svetislavom bi je ubilo. Morala je to da odloži.

Bojažljivo gurnu ruku u džep svoje torbe, malo se strese, izvuče mobilni telefon. Ništa je nije ujelo, a moglo je. Mehanički ukuca par brojeva. Začu se otegnuto zvono, a zatim poznati glas.

— E, otkud ti?

— Šta radiš? — pitala je uobičajeno. — Imaš li vremena da popijemo kafu?

— Pa, ne znam... Nešto sam isplanirala. Kad si mislila?

— Sad — izgovori uzdišući.

— Sad?

Uvek su svoje kafe planirale bar par sati, ako ne i par dana ranije, pa se Oja s razlogom zbuni.

— Jano? Da li je sve u redu?

— Pričaću ti, samo ako možeš.

— OK, onda se vidimo. Stižem brzo, samo da nabacim nešto na sebe. Gde si ti? Gde ćemo?

— Tu sam, u gradu. Čekam te na uobičajenom mestu — izgovori odsečno, prekide vezu i vrati telefon u torbu.

Nije uopšte razmišljala kome bi se mogla prvo poveriti. Podrazumevalo se. Oja joj je bila najbolja prijateljica, već dugo vremena. Zajedno su išle u gimnaziju, zajedno studirale, zajedno živele, smejale se, plakale, ludovale i patile. Teško je mogla izdvojiti neki događaj iz svoga života u koji Oja, bar posredno, nije bila uključena. Verovala joj je. Bila je njen najoštriji kritičar, ali i neko ko će, bez obzira na sve, uvek stati na njenu stranu, bila ona u pravu, ili ne. Svakodnevno su razmenjivale svoje emocije i pretresale događaje, analizirale ih, sumirale utiske. Moglo bi se reći da nije bila sigurna ni da li se nešto zaista dogodilo ako to nije podelila sa Ojom. Stvari, događaji i ljudi su dobijali svoje završno, trajno obličje tek nakon njihove zajedničke kompletne analize. Kratak je bio spisak onoga o čemu nisu diskutovale. Bio je to jednostavno njihov način da shvate, ali i nadmudre život.

Sedela je u poprilično punoj bašti njihovog omiljenog sastajališta i promatrala reku ljudi koja se razlivala svuda okolo. Kakav je kamenčić u toj reci bila! Mali, bleštav, a feleričan.

Svetislav joj nije dolazio u misli. Ostavila ga je za kasnije. Prvo je morala da sredi svoja osećanja, a razgovor sa Ojom je imao tu svrhu.

— Ola! — začu iza sebe veseli pozdrav, a dve dobro poznate ruke joj se sklopiše oko vrata. Velike naočare tresnuše sa kudrave glave u pokušaju nečega što je trebalo da bude poljubac i lupiše o sto. Nije se ni osvrnula Oja na to, već je nastavila sa svojim bleskastim ljubljenjem.

Jana se sagnu da dohvati naočare. Gledala je u prijateljicu smešeći se.

— Ola, Oja moja! Kakav ti je to novi stil ljubljenja? Pokušavaš da budeš kuče, šta?

— Kuče, nego šta! Rekoh ti da onaj novi, zgodni komšija šeta dva kučeta, pa pomislih, pošto me ovako ne primećuje, možda bi bilo pametno da postanem nešto što on voli! Sve ću učiniti da sačuvam svoje samopouzdanje! Znaš kako je to u ranim četrdesetim! Ako treba, lajaću, ali svoj epitet zavodnice dati neću!

Jana je pogleda suzdržavajući se da ne prasne u smeh.

— Kuče?! Opet si se zakačila za nekog uvrnutog?

— Ja se zakačila? Kače se oni za mene! Vuku me ka sebi, ti uvrnuti! Mada, znaš, sve češće se pitam ima li više, uopšte normalnih, a slobodnih! Ni ovaj nije normalan čim me ne primećuje!

Nasmejaše se u glas.

Oja zaobiđe sto i sede naspram nje. Dohvati naočare, stavi ih, podiže prkosno i gospodstveno glavu. Sitne kovrdžice se razleteše oko njenog lepog lica koje dobi neki gordi izraz. Prebaci ruke preko dugih nogu, napući usne i još malo podiže glavu.

— Lukava si ti! Kao, udata, ne traži ljubavnika, a sela na bolje mesto, uhvatila bolji pogled, ali nama veze. Garantujem ti da svi ovi macani mogu mene da vide i pre, i bolje! Neću ni pokušati da im uskratim to zadovoljstvo. Ne znam kada će ponovo imati priliku da uživaju u ovakvoj krasoti!

Posmatrala je prijateljicu kako izvodi svoj mali scenski nastup. Znala je da joj je primarni cilj da je oraspoloži, nasmeje, ali očigledno je postizala i sekundarni. Prolaznici su se okretali. Jana se nasmeja.

— Molila bih te da prekineš, inače će te neko ukrasti, pa neću imati s kim da razgovaram.

— Prekinula bih, ali ne mogu... Lepota se ne prekida... — nastavila je Oja, a napad smeha joj je bio tu, nadomak usana.

Bio je ovo njihov uobičajeni uvod u teške teme. Kao po nekom prećutnom dogovoru, počinjale su, a često i završavale ozbiljne razgovore opuštenim, ponekad i lucidnim čavrljanjem.

Oja zahvati kašičicom penu sa svoje kafe. Njen bezazleni, skoro detinjasti pogled odlete u treptaju dugih, brižljivo izvijenih trepavica. Lice joj poprimi ozbiljan izgled. Neko vreme je nemo skenirala prijateljicu. Jana je odsutno promatrala prolaznike. Znala je da Oja na njenom licu traži naznake onoga što treba da bude tema ovog razgovora, da pokušava da odredi težinu te teme.

— Kaži. Šta se desilo?

Pogledi im se susretoše. Bilo je nečeg bolnog, ali i olakšavajućeg u tom susretu.

— Deca?

— Deca su dobro. Uživaju, znaš ih već — uhvati se za ovu reč kao za mogućnost da odloži izlazak istine na svetlost ovog letnjeg dana. — Mia revnosno uči i radi, Andrej ne propušta prilike da sebe zabavi — zatitra ljubav na njenom licu. — Pitam se ponekad zar nije trebalo da im karakteri budu malo pravilnije, ravnomernije raspoređeni.

— Da! — složi se Oja. — Deluju kao mala igra sudbine. Blizanci na rođenju dobijaju dobro odmerenu količinu osobina, a onda, kao da nekom zadrhti ruka pa ispusti previše iz prve čaše iznad jednog od njih. Ostalo je sve stvar nužde. Drugi može dobiti samo ono što je preostalo. Bar su lepi i pametni i jedno i drugo.

Nasmejaše se slatko. Jani zatitraše siluete dece pred očima.

— Ipak verujem da će se i jedno i drugo izboriti za svoj uspeh — izgovori pomalo setno.

— Hoće li dolaziti?

— Ne znaju još uvek. Sve zavisi od ovog ispitnog roka.

Ućutaše i jedna i druga. Izgledalo je kao da im tišina na momenat prija, ma koliko teške naznake imala. Jani se činilo kao da joj je potrebno vremena da vrati svoje misli iz Kanade, da ih prebaci iz studentske sobe svojih blizanaca na beogradski asfalt.

— Znaš, imam neki čvor na desnoj dojci — reče iznenada, brzo i oštro.

Oja se ukoči na svojoj stolici. Pogled joj se zaledi. I reč na usnama.

— Sad sam bila kod ginekologa. Dao mi je uput za onkologiju. Rekao je da odem što pre, da ne gubim vreme.

Njene reči kao da su se međusobno trkale, a njena prijateljica je bila nemi, zatečeni posmatrač te trke. Oči su joj bile bolno prazne, kao kod nekog ko se kladio na pogrešnog konja.

— Rekao je i da ne paničim, da se ne zna da li je benigni ili maligni, sve dok ne dobijemo patološke nalaze.

Pogledali im se susretoše. Strah je izbijao iz njih. Strah, kakav do sada nisu osetile, strah, koji ih je ostavljao nemim. Neme, njih dve, najbrbljivije osobe na ovoj planeti. Ojina šaka se brzo i panično uputi preko stola i uhvati Janinu. Steže je jako. Htela je nešto da izgovori, ali joj je na rubovima usana izrasla kamena brana. Jana obori oči. Grudi joj se zatresoše kratkim trzajima koji su se jedva mogli nazreti ispod svilene tunike.

— Oja... — pogleda suzno u prijateljicu — ja znam... znam da neće biti dobro.

— Šššššš... — pokuša ova da spreči nalet zlih i strašnih reči i misli — ššš...

— Znam... znao je i on, ali nije smeo da kaže dok nalazi ne budu gotovi.

— Ne govori! — prijateljica ju je stiskala sve jače.

— Znam, videla sam sažaljenje u njegovim očima. Pokušao je da ga sakrije, ali znam da je bilo tu.

— Možda ti se učinilo. Uplašena si.

— Nije. Tako nešto ne može da ti se pričini.

Nemo su se držale za ruke neko vreme. Bile su tužno, ali prostrano ostrvo usred velegradskog živog mora.

Razgovor sa Ojom joj je pomogao da se suoči sa novom realnošću. Mogla je sada da pogleda bolesti u oči, da je osmotri kao protivnika. Mogla je da krene dalje. Znala je da neće biti lako, ali je znala i da se neće predati. Bar ne pre same bitke.

Ostatak dana je dobio uobičajeni tok. Pustila je boje svakodnevice da se sliju u njega. Nije htela da ih narušava. Kao sebično dete je kupila svaku trunčicu svoga dosadašnjeg života, a onda je te trunčice zagledala, priljubljivala uz sebe čvrsto, skoro bolno. Da li je Svetislavu nešto bilo sumnjivo? Ne bi se moglo reći. Navikao se na povremene promene raspoloženja i ponašanja svoje supruge. Nije odobravao njenu ćudljivost, ali je navikao da živi sa njom. U početku se borio, pokušavao da shvati. Jednoga dana, sasvim neprimetno, počeo je da ih ignoriše. Tako mu je bilo najlakše. I njoj je.

Jankovići su im bili prijatelji dugi niz godina. Bili su potpuno drugačiji od njih. Svoje nedoumice, probleme, radosti su nosili dosta glasno, kao da su želeli da ceo svet zna za njih. U početku joj je to prijalo, a onda je počelo da je opterećuje, pa ih je često izbegavala. Svetislav nije. Iz nekog neobjašnjivog razloga je voleo da ih ubaci u svoje dane. Nije se ona bunila zbog toga, samo je koristila svaku priliku za beg. Danas nije pobegla. Nije ni pokušala. Slušala je njihovo graktavo čavrljanje odsutno. Nije znala ko je glasniji od njih. Uvek su imali oprečna mišljenja. Svaki trenutak je kod njih imao dve strane, svako pitanje dva odgovora, svaki neuspeh dva moguća krivca. I nikad nijedno nije odustajalo od svoga stava. Ponekad se pitala kako su uspevali da se održe svih ovih godina zajedno. Odjednom joj to postade jasno. Bila je to ljubav, bučna, često neprijatna i zamorna, ali prava i iskrena. Kako joj je to promicalo do sada? Zamislila je nekada davno da ljubav ima samo jedno lice, samo jedan oblik, pa je sve što se nije uklapalo u taj šablon odbacivala. Koliko je samo grešila!

U razgovor se uključivala povremeno, kad bi je neka reč direktno dotakla. Nije to bilo ništa iznenađujuće. Jankovićima je ionako bila potrebna publika. Svetislav je njihovu uobičajenu predstavu gledao mirno, opušteno zavaljen u svoju stolicu. Slušao ih je pažljivo, videlo se po izrazu njegovog lica koje je postajalo čas ozbiljno i zabrinuto, čas nasmejano.

Ipak, nešto je bilo neobično kod nje te večeri. Pila je četvrtu čašu vina. To nikome nije promaklo, jer je ona pila jako retko, skoro nikad i jako malo. Prijao joj je taj ukus, istovremeno i slatkast i opor, prijala joj je toplota koju je on izazivao u njenoj utrobi, prijala joj je dremežljiva opuštenost mišića koju je on izazivao.

Podiže čašu i ispi je do kraja. Zašto svaka čaša ima dno, kad se ionako može dosipati? Uhvati Svetislavljev zabrinuti i zbunjeni pogled. Uzvrati mu iskričavim, blagim osmehom.

— Mogla bi malo da usporiš, draga, a ne bi bilo loše ni da staneš! — dobaci joj on poluprekorno, polušaljivo.

— Da stanem? Pa tek sam počela!

Glas kao da nije bio njen, reči kao da su bile ukradene od nekog drugog, nekog drugačijeg.

— No, mogli bismo smo još jednom da nazdravimo! — pruži svoju praznu čašu ka flaši.

Svetislav sleže ramenima, ispod njegovih naočara se moglo nazreti kako mu očne jagodice prave čudan, oštar zaokret. Nasu joj još vina u čašu, pogleda je prodorno. Sa njegovih usana se razli jedno usporeno „živeli". Činilo joj se da svaki glas te reči teži da zadrži što više vremena u sebi, što više vremena za sebe.

Ostatak večeri joj je protekao kao u bunilu. Da li je bila za stolom ili je izvijena nad njim posmatrala svoje telo i slušala svoj razvezani glas? O čemu je pričala? Zašto su se svi tako razulareno smejali?

Postala je svesna sebe tek kad je zapljusnuo poznati miris njihovog stana, kada se pred njom razlio brižljivo odabrani spektar boja kojima je ona obojila svoje utočište, kojima je želela da oboji svoj život. Ušetala je dosad nepoznatim korakom i još na vratima se okrenula ka Svetislavu koji ju je pratio u stopu. Oštro ga je uhvatila za okovratnik. Bio je zatečen, ali se nije bunio. Levom rukom mu je skinula naočare, spustila ih negde sa strane. Poželela je da ih baci, zapravo, ali se u poslednjem deliću sekunde zadržala. Unela se u njegovo lice pokušavajući da prodre u njegove zenice, da oseti sve dubine njegovog postojanja. Da li tamo na dnu još uvek postoji oganj? Svakako je bilo toplo. Njegove ruke su se svile oko njenog tela. Natprirodna, skoro životinjska snaga je izvirala iz njih. Prijala joj je ta snaga, činila je čudesno mekom, podatnom i divljom u isto vreme. Uzimao ju je panično brzo, kao da je poslednji udah vazduha. I ona mu se predavala tako. Oštrim pokretom ruke ga je uhvatila za kosu, izvila njegovu glavu koja je pokušavala da se vrati na njeno telo. Ponovo je pogled zarila u njegove oči.

— Voliš li me?

— Daaa… — otrgnuo se i nastavio da juriša po njoj.

Ležali su sklupčani na debelom tepihu. Osećala se zaštićenom i sigurnom pod okriljem njegovog tela. Usporavala je svoj dah da ne bi slučajno narušio savršenstvo ovog trenutka. Poželela je da spakuje večnost u njega. Pred oči joj izroniše njihova mladalačka lica, lica sa kojih je skinuto poslednjih dvadeset godina, lica koja su očekivala život, koja su se radovala životu, koja su tražila i koja su se smejala,

smejala... Smejala su se do iznemoglosti, sve dok im taj isti smeh ne bi pokvario konture i napravio ih pomalo blentavim. Naglo se pridiže i okrete ka njemu.

— Kada smo prestali da se smejemo, Svetislave? Kada?

Otvori se njihov život pred njom kao knjiga, kao roman, ispisan i ukoričen. O, kako bi bilo dobro da je život zaista takav. Čovek bi mogao u svakom trenutku da se vrati na određene delove, u nekim da uživa, neke da preispituje i analizira, a neke delove, koji mu se ne dopadaju, da preskače ili jednostavno briše, da menja u njima one male, sporedne motive koji teže da postanu glavni, koji teže da promene tok same priče. I ona bi izbrisala taj momenat u kom su prestali da se zajedno smeju od srca, samo kad bi znala gde se tačno on nalazi. Koje poglavlje, koja strana, pasus, red?

A mi... Mi se nikada nismo smejali glasno i ludo. Naš smeh je bio nekako stidljiv, kratak i bolan. Više su to bili osmesi, koprene naše tajne.

Sve je u nama bilo nekako magličasto i bolno. I naša ljubav je bila takva, kao da je od prvog trena predosetila da će roditi patnju, dugu i tešku. Iza nas nije ostao ni vidljiv trag, a traga ima.

Da li je to ono što boli? Pusto saznanje da smo bili krhkiji od snega.

Gledala je u njega zabrinuto. Ćutao je neko vreme sklopljenih očiju, a onda je povuče desnom rukom dole, ka sebi.

— Nismo prestali. Nemoj opet da umišljaš. Samo smo preopterećeni.

Reči su mu bile tihe, mirne, ali nekako bolno odjeknuše, kao da se sudariše sa prazninom, sa istinom. Znala je da ni sam ne veruje u njihovu iskrenost. Isto tako je znala da želi da veruje, očajnički, baš kao i ona. Njegova desna šaka blago pređe preko njenog obraza. To je često činio. Ponekad je imala utisak da tako proverava da li ima tragova suza.

Sobu je ispunjavao ujednačeni ritam zajedničkog disanja. Iznad njih se izdizao uspareni miris njihovih oznojenih tela. Hvatao ih je dremež. Njegova ruka nehotično krenu ka njenoj desnoj dojci. Ona se trže, naglo i uplašeno. Oštrim pokretom je odbaci od sebe. On se začuđeno pridiže.

— Šta to bi? — upita je polusanjivo.

Nije mogla da odgovori. Tresla se, a glas joj je nemoćno stajao u grlu.

— Jano? Jesi li dobro? Šta ti je?

Njegove usne krenuše ka njenom licu. Pod njima bolno zaškripa jedna izdajnička suza.

— Jano?

Za tom jednom je krenula nezaustavljiva bujica. Podrhtavalo je čitavo njeno telo. Neke se istine ne mogu skriti.

— Plašim se, Svetislave, plašim — i glas joj je podrhtavao.

Prstom je prešao preko kontura njenog lica, a onda je zagrlio, blago, kao da grli neku skupocenu, staklenu figuru.

— Tu sam. Nema čega da se plašiš — izgovorio je umirujuće. U momentu je njen strah smestio u posledice vina koje je popila. Nije ga preterano iznenadio jer je Jana oduvek imala neke skrivene strahove. Bilo ih je dosta i bili su različiti: strah od vike, od mirisa alkohola, od nepoznatih ljudi, od samoće, od poverenja, od otkrivanja, od bliskosti. Vremenom se navikao na većinu njih, neke je shvatio, neke nije, ali je naučio da ih prepoznaje i da živi sa njima.

— Ne razumeš — kao da je naslutila o čemu razmišlja. — Bila sam danas kod lekara. Imam čvor na desnoj dojci. Moram na onkologiju.

Zaista nije razumeo. Iako ih je izbacila iz sebe brzo, kao da želi da se oslobodi suvišnog prtljaga, njene reči se razvukoše po pospanoj sobi, postadoše nerazumljive i strane, poput reči nekog potpuno nepoznatog i neispitanog jezika. Njegov sluh nije mogao da razazna njihov glasovni sklop. Gledao je u nju ošamućeno dok mu je u svesti bubnjala mučna praznina.

— Čvor — ponovio je mehanički, pokušavajući da se otrgne ovom zbunjujućem trenutku.

— Doktor kaže da ne možemo znati kakav je dok ne uradimo analizu — izlivalo se iz nje.

Brana je bila probijena. Reči je nosila nabujala reka, a ona je bila lakša za svu silinu te reke. Želela je da priča, a Svetislavu su reči zamrle na usnama. I misli su mu zamrle. I pokreti su mu zamrli. Novo, neočekivano saznanje ga je u potpunosti paralisalo. Nije mogao da je prati. Bili su mu nepoznati i previše tamni putevi kojima su njene reči išle.

Nisu spavali te noći. Jana je olakšala svoju dušu, ali je sav teret njenog bola pao na Svetislava. Njemu je sve to ličilo na neki strašan košmar. Video je sebe kako pokušava da pobegne, da učini nešto, a noge mu postaju sve teže i ne slušaju ga. Možda bi mu bilo lakše da ona nije bila tu, sa njim, sve vreme. Možda bi bez nje uspeo da sagleda novonastalu situaciju realno, sa svih strana, da odmeri njenu težinu. Ovako je osećao samo tupu bol. Kraj njega je ležala njegova Jana, topla i meka, mirišljava, kao i uvek, a nad njom se preteći nadvila nepoznata senka kojoj on ništa nije mogao.

Gledao je nemo u mrak. Ništa nije bilo kao pre. Njegova uredno sređena kutijica se izvrnula. Svetislav nije znao kako da je vrati u prethodno stanje i to ga je plašilo.

8

Naredni dan je u njihov život uneo obrise nadolazećeg vremena. Mogla se u njemu naslutiti karakterizacija novih uloga koje im je život namenio. Na scenu je nastupila neka nova realnost, hladna i sterilna. Neke nove boje i mirisi su ispunili njihov život.

Nisu to više bili oni. Neki novi ljudi su koračali ka bolnici, sedeli u čekaonici, strpljivo i nemo, promatrali gomilu drugih, isto tako bespomoćnih figura, tražili tragove emocija na njihovim ozbiljnim licima.

Mermernim hodnikom je hladno odjeknulo njeno ime. Nije odmah reagovala. Nešto je strano bilo u njemu. Tek kada ga sestra drugi put izgovori, trže se, nemo pogleda Svetislava i krenu. O kako joj se učiniše daleka vrata ordinacije! Jedino što je neprekidno osećala je bio Svetislavljev pogled zalepljen za njeno teme. Ono što je potom usledilo delovalo joj je kao film koji gleda na granici budnog stanja i sna. Pokušavalo je da dopre do njene svesti, a ona nije mogla da u potpunosti prati i shvati radnju. Zna da je doktor pogledao uput, da je pregledao nemo, sproveo u drugi deo ordinacije, pregledao ultrazvukom. Ne seća se kako je opet dospela na stolicu. Nešto je pisao, besomučno dugo i besomučno sporo. Slova su mu bila okrugla i sitna. Okrenuo se ka njoj. Pogledao je u oči, slegnuo ramenima i počeo nešto da izgovara. Reči su mu bile nekako otegnute, glasovi u njima su tako dugo trajali da bi zaboravljala prethodni kada bi stigao novi. Treptala je u pokušajima da ih poveže. Našla se u nekom čudnom mehuru koji joj je usporavao i ometao rad čula, koji je sprečavao svet da dopre do nje. Ili je nju sprečavao da dopre do sveta i života. Nestajalo joj je vazduha.

Doktor ništa od toga nije primećivao i to dodatno poče da je plaši. Šta kada postanemo izolovani, istrgnuti, izbačeni iz našeg sopstvenog života? Šta kada vičemo, vrištimo, a niko nas ne čuje? Šta se dešava sa svetom?

Kraj nje se odnekud stvori medicinska sestra. Slušala je šta doktor govori i klimala glavom. Oseti njenu ruku na svojoj nadlaktici. Pogleda zbunjeno, a zatim poslušno, kao dete, pođe vođena tom rukom.

Kada su izašle iz ordinacije, Svetislav je stajao pred vratima. Bio je nekako drugačiji. Bilo je puno neke težine u njegovom pogledu koji je pravo sa nje skočio na sestru. Ova mu je izgleda nešto govorila, a on je klimao glavom. Nije ništa pitao, nije progovarao. Krenuo je za njima. Sestra je išla brzo, ritmično je odjekivao bat njenih klompi po mermernom podu. Nosila je hrpu papira koje joj je, verovatno, dao doktor. Mlatila je njima kao zastavom, a oni su zloglasno šuškali, šuškali bez prestanka. Svetislav je disao duboko. Njegov dah se odbijao o njen potiljak. Sve vreme je išao iza nje. Iznenada na desnoj ruci oseti topli, poznati dodir i blagi stisak njegove šake. Samo što ne poskoči od šoka, samo što ne zaplaka od bola koji u njenoj duši izazva ovaj njegov spontani, skoro neprimetni gest, gest koji je pripadao nekom drugom životu, ali je u njemu bio uobičajen, skoro nevidljiv. Možda je baš zbog toga i zalutao u ovu novu realnost. Požele da cela stane u njegovu toplinu, da se skrije u njegovoj najmanjoj pori. Učini joj se da se pred njim sve preobrati. Odjek klompi više nije bio onako zaglušujući, šuškanje onih papira se stiša, a njene misli razbistriše.

Kao mala volela je priče o čarobnjacima, vilama i njihovim moćima. Kada je porasla shvatila je da svaki čovek ima čarobnjake u ljudima oko sebe, pa i u sebi... Neki su dobri, neki su loši, ali svaki može da izvuče čarobni štapić i njime mutnu vodu pretvori u čistu i, obrnuto, ponekad je dovoljan jedan zamah tog štapića da se bistra voda zamuti skroz. To su tragovi božanskog u čoveku, verovala je. Gledala je, osećala, doživljavala vrlo često takve čarolije. Posebno je čudilo što većina ljudi najčešće nije bila svesna svojih moći i njihovih posledica. Valjda je to neka kolektivna slepost ljudskog roda, dimenzija koju jednostavno nisu u stanju svi da vide.

Nije očekivala da će se čarolija probiti kroz bolničke, hladne i debele zidove. Mislila je da ovde prostor dezinfikuju i nekim sredstvom koje uništava sve, pa i nju, ali, eto je, bila je tu. Da li je Svetislav znao šta je njegova šaka na njenoj učinila? Bila je sigurna da jeste.

Smestili su je u sobu na kraju hodnika, veliku i svetlu. Bila je tu samo još jedna žena, starija nešto od nje, sitna, ali nekako žilava. Posmatrala je njen dolazak velikim toplim očima, kao da se radovala što neće više biti sama u ovoj sobi. Bilo je i radoznalosti i ispitivanja u njenim pogledima, ali nekako je sve bilo dobronamerno. Jana joj se tužno nasmeši.

Odškrinuta vrata su vodila na veliku, zajedničku terasu. Uskoro će otkriti da je to mesto gde pacijenti provode sve slobodne minute, mesto gde prizivaju svoj pređašnji život kroz međusobne razgovore.

Nije joj bilo do razgovora, do upoznavanja. Morala je da se pribere, da se navikne na novonastalu situaciju. Svetislav je dolazio i odlazio. Ušao je sa njom, smestio je, zatim išao po stvari, pa po vodu, voće… Činilo joj se da ne želi da se sretne sam sa sobom, da beži iz trenutka u trenutak. Znala je da se plaši ćutanja sa njom, da se plaši susreta njihovih nemih pogleda, pa je svaki put kad bi ušao, pričao nešto, nebitno, nepovezano, trudeći se da zadrži potpuno smirenu i uobičajenu boju glasa.

Žena je strpljivo čekala trenutak kada će razgovor poteći. Nije bila nametljiva, ali je nekako uigrano pratila svaki njen pokret, očekujući znak da je došao red na priču. Bila je sigurna da će doći.

A ona, ona se lagano vraćala sebi, postajala svesnija i situacije, ali i svojih mogućnosti. Prvi udar je prošao. Znala je da će biti kao kod zemljotresa — za tim prvim, upozoravajućim, uslediće još njih. Svaki će biti za par stepeni jači i razorniji, a onda će se, nakon najjačeg, trusno područje smirivati, isto tako lagano i postepeno. Naravno, ako ne bude razoreno skroz, uslediće procena štete, a zatim sanacija. Spremala je sebe za to. Nije ovo bila borba za jedan dan, nedelju ili mesec. Počinjala je borba za život. Znala je da u sebi mora pronaći snagu, znala je da mora igrati dobro, razraditi taktiku, jer samo od nje zavisi konačan ishod.

Ceo svoj život je imala utisak da se za sve bori, i to sama. Bila je i ponosna na tu činjenicu. Nije se morala ni pred kim zahvalno klanjati. Ništa njoj nije tek tako padalo u ruke, za sve što je imala, valjalo se dobro potruditi. Da li je zaista bila sama u svojim borbama, ili je, pomalo sebično, samo zanemarivala značaj i uticaj drugih na svoje pobede?

Čudno je biće čovek. Na sve se brzo navikne. Kao da su čestice oko njega žive, kao da uđu u njegove pore i usmere svu njegovu energiju da se saživi sa atmosferom novonastalog.

Prvih par sati joj je mozak bio paralisan. Nije znala šta se dešava, nije čula, nije videla. Bila je kao velika ptica zatvorena u mali kavez. Krila su joj bila najveći problem. Bila su previše velika, jaka, čvrsta i naviknuta da lete slobodno, pa ih nije mogla smestiti. Podsećala su je stalno na svoju funkciju, no vreme je učinilo svoje, kao što uvek i čini. Nekad je, dok je razmišljala o vremenu i njegovoj moći, verovala da samo njegovi veliki komadi imaju dejstva na čoveka i njegova shvatanja. I tu je grešila. Ponekad je potrebno samo par delića tog vremena da se čovek promeni, prilagodi. I sad joj je trebalo svega par sati da nauči kakav položaj treba da zauzme u ovom kavezu da bi joj bilo udobno.

Nalazi prvi, drugi, treći... Pregled prvi, a za njim i drugi, treći... Razgovori sa doktorom... Trudila se da ne misli o onome što je bilo i onome šta je bila. Sada je tu, suočena sa bolešću koja joj je zlobno pokazivala snagu svojih krvožednih zuba.

Nikad nije volela autoritete. Bila je to jedna od trauma koje je vukla iz dalekog detinjstva. Opirala im se, rušila ih svojim malim gestovima, ponekad samo svojim nehajnim osmehom. I oni su padali, nekad brže, nekad sporije i teže, ali su padali. Zapitala se da li će i ovaj uspeti da sruši osmehom.

Operacija joj je bila zakazana. Rutinska, uobičajena, kako rekoše. Izvadiće komad tkiva, a zatim proceniti da li je izraslina dobroćudna ili zloćudna.

Negde u dubini je već znala kakvi će biti rezultati, ali ipak nije dozvoljavala nadi da se u potpunosti ugasi. Iz sve snage je duvala u njen žar ne bi li se rasplamsao. Nisu joj tu od pomoći bili ni Svetislav, ni Oja, ni svi prijatelji i kolege koji su je zvali da bi je podržali. Osećala je u njihovim glasovima sažaljenje. To joj je ledilo srce. Desi se nekad kod svakog od nas taj trenutak kad shvatimo da smo, ipak, suštinski, potpuno sami. Sruše se u tom trenutku sve one građevine koje smo podigli da bismo sebe i život ubedili kako imamo puno ljudi oko sebe koji bi živeli za nas, disali za nas. Nemamo nikog do sebe. I bez nas bi svet nastavio da se okreće, sunce bi svakog jutra donosilo nadu ili zebnju. I bez nas bi svi nama bliski bili i tužni i srećni. Nije ranije imala prilike da život promatra iz ove perspektive, ali nije joj ovaj novi horizont doneo strah. Možda je čak ulio vetar u njena jedra.

Sedela je tako i zamišljeno gledala u neku izmišljenu tačku na zidu. Koliko je to trajalo, nije mogla da odredi. Predstava o vremenu joj se poremetila od kada su je zatvorili u ovu sobu. Nasmešila se sama sebi — verovatno je i za to krivo ono sredstvo za dezinfekciju. Deluje i na vreme.

Žena na susednom krevetu je nešto čitala. Promeškolji se lenjo i spusti knjigu kraj sebe. Pogleda u Janu iznenađujuće toplo. Oči su joj bile krupne, smeđe, pune nekog neobičnog spoja prostote i blagosti. Ustade, pomalo nespretno. Bila je sitna, niska, mršava, ali čudno čvrsta. Nehajnim pokretom popravi svoju kratku, razbarušenu kosu, a zatim pogleda na sat.

— Sad će večera. Ne znam zašto ne zovu — izgovori, tek da bi nešto rekla.

Jana joj se nasmeši zbunjeno, ustade i pruži joj ruku.

— Oprostite, bila sam zatečena svojim dolaskom ovde, pa se nisam ni predstavila. Ja sam Jana.

— Ma, ne brinite ništa. Znam kako je. Svi budemo zatečeni kad nas ostave i svakom od nas treba vremena da shvati gde je. Ja sam Dušanka.

Ruka joj je bila topla i jaka.

— Jeste li dugo ovde? — upita Jana prvo što joj je palo na pamet.

— Jesam. Ovo je treći put da me ostavljaju. Ali, sad ću kući. Čekam samo još jednu dozu krvi. Trombocita. Nemaju dovoljno, pa čekam davaoce. Ćerka je danas išla do moje bivše firme. Sigurno će neko dati. Doktor je rekao da će me pustiti čim primim. Kod kog ste Vi doktora?

— Rajića. Da, mislim da se tako preziva.

— A, Vi ste kod profesora! Pa, da! Ovo je njegova soba. Ja sam kod doktora Živanovića, ali su njegove sobe pune, pa su me smestili ovde. Hvala Bogu, jer on ima najteže bolesnike! Ne mogu više da ih slušam. Prošli put nisam uopšte mogla da spavam od njih. Zamislite — em stari, em nepokretni, em bolesni! Samo on i prima tako teške slučajeve! Drugi neće!

Jana nije znala šta da kaže na ovo. Bio je ovo novi svet za nju i njegova vrata su se tek otvarala. Biće potrebno da nauči njegova pravila.

Hodnikom se zaori parajući glas koji je pozivao na večeru. Jana se trže, a Dušanka užurbano poče da se sprema. I iz ostalih soba se začu metež.

— Hoćete li? — upita Dušanka ogrćući svoj bademantil.

Jana se zbuni.

— Pa, ne znam. Ne bih — bila joj je teška i sama pomisao da jede zajedno sa gomilom drugih bolesnika koji je ispitivački promatraju. — Mislim da nisam gladna.

— Kako hoćete. Ja idem, samo da uzmem svoja vlakna. Znate, ćerka mi ih je kupila. Kažu da su baš dobra i da pomažu, ali se moraju uzimati redovno, uz svaki obrok.

Okretala je neobičnu bočicu po šakama, a zatim je spustila u džep.

— Baš su skupa, ali ne žalim ako će da pomognu — nasmeši se toplo. — Sigurno nećete?

— Sigurno. Nisam gladna, a i suprug mi je doneo svašta.

Ostala je sama u nepoznatoj, oskudno nameštenoj sobi. Tri kreveta, tri ormarića kraj njih, čiviluk, lavabo i neobične metalne vešalice u uglu. Iza vrata se nalazio stočić na kojem je bila gomila časopisa. Rukom pređe preko njih. Uglavnom su pripadali žutoj štampi. Vrata koja su vodila ka terasi su bila odškrinuta. Otvori ih i izađe. Terasa je bila ogromna, zajednička za čitav niz soba. Celom dužinom su bili poređani mali stolovi, a na njima čaše, šolje, poneka knjiga ili časopis. Stolice su bile poprilično neuredno raspoređene oko njih. I one su nosile tragove skorašnjeg boravka stanovnika ovog tužnog naselja. Ogrtači, džemperi i poneki peškir pomalo su sumorno pokazivali da ovde verovatno svako ima svoje uobičajeno mesto. Polako je prošetala, a zatim se naslonila na obod terase i pogledala dole. Ulica je bila užurbana i glasna. Automobili svojim sirenama, ljudi svojim hitrim koracima, bačenim rečima, pogledima, osmesima su pokazivali da život i dalje, negde tamo, ide svojim uobičajenim tokom i ne zastaje ni na tren. Tužno je uzdahnula. U momentu je zamislila sebe kako, ovako u pidžami, leti niz ovih par spratova, a zatim se utapa u gužvu i nestaje u njoj.

Okrenula se i došla do svoga kreveta. Legla je i zatvorila oči. Bilo bi dobro kad bi mogla da zaspi. Brže bi joj vreme prošlo. Ali, znala je da to neće biti tako lako. Pred oči su joj izlazili obrisi njenog stana, njegov miris, njegova toplina. Šta bi sada radila da se sve ovo nije dogodilo? Danas je ponedeljak. Došla bi s posla. Svetislav radi popodnevnu smenu. Bila bi sama kod kuće. Prvo bi se odmorila, pogledala nešto na televiziji, onda otišla na jogu, vratila se, istuširala, nazvala Oju da sa njom pretrese današnji dan. Možda bi uspele i da se nađu, da popiju piće i prošetaju, da obiđu par svojih omiljenih radnji. A onda bi se vratila kući i čekala Svetislava. Odjednom joj postade teška i mučna svaka pomisao na pređašnji život. Čemu služi sećanje, kad prošlost svakako ne možemo vratiti? Čemu služi, kad ga ionako naša svest može preokrenuti u nešto potpuno drugačije od istine? Zar mu je jedina svrha da nas muči svojim došaptavanjem da je nekada nešto bilo ovako ili onako? Pa šta ako je nekada nešto bilo?! Više nije. I nikada neće ni biti.

Iznenadni, poznati zvuk mobilnog telefona prekide njenu diskusiju sa sopstvenom svešću. Javi se pomalo nesigurno, kao da nije više sigurna ni da li ume da priča. Sa druge strane zacvrkuta Ojin nespretno veseli glas.

— Kako je moja draga curica?

„Pravo pitanje!", pomisli, a zatim spontano odgovori:

— Dobro, valjda... Iskreno, ne znam koja bi reč bila pravi odgovor na tvoje pitanje.

— Čujem li ja to govor malodušnosti?

— Malodušnost je, kao što znaš, draga moja, meni postala omiljena pozadina.

Nije uspevala da se oraspoloži, ma koliko silno želela da ne zvuči očajno.

— Pusti mene, bar na tren. Pričaj šta si ti radila. Pričaj, Oja, a ja ću te slušati.

— Pa, šta da ti kažem. Klasika. Jurim se sa Aleksom čitav dan. Više mi je muka od njega i njegovog pubertetskog ludila, od njegovog brzopletog zaljubljivanja, hirovitog odljubljivanja, od njegovog nespretnog traganja za smislom i pronalaženja besmisla u svemu. Stvarno ne znam kako bih trebalo da se postavim i šta bih trebalo da uradim da bi on bio srećan i zadovoljan.

— Šta je sada uradio?

— Šta je uradio? Ništa nije uradio! Ali je čovek nezadovoljan! Naravno, za svako njegovo nezadovoljstvo glavni krivac sam ja!

— A ko bi drugi bio?! — reče Jana kroz smeh.

— E, hajde sad i ti! — uzviknu Oja. — Ja da ti se požalim, a ti nisi ni saslušala, a već zauzimaš stav!

— Mislim da je krajnje vreme, draga, da shvatiš da ti sin odrasta. Pusti ga malo da diše. Nemoj neprestano pokušavati da rešiš njegove dileme i probleme. Neka se sam izbori sa njima. I sama znaš da će ti njegovi periodi nezadovoljstva nestati. Seti se samo kakve smo mi bile u tim godinama. Još je on i dobar!

— Jano, ti si u ovom trenutku, verovatno, poslednja osoba na planeti kojoj bih trebalo da se žalim, ali sama si to tražila. Kako mogu mirno da ga gledam kako uporno tumara slepim uličicama? Zašto neće da me sasluša i posluša, kad je i sam svestan da ja znam prečicu!

— Pusti, Oja! Dobar je on momčić! Lutaće, lutaće, pa će pronaći pravi put! Kao da si ti slušala roditelje! Da si slušala, sigurno ne bi bila samohrana majka!

— Opet ona! Nisam ih slušala, ali ovo je drugo! Od prvog dana se trudim da mu budem najbolji prijatelj, baš zbog toga što ja sa svojim roditeljima nisam imala takav odnos!

— Ludice moja, uzalud se trudiš! Na kraju si, ipak, samo mama!

— Neću da budem samo mama!

— Draga moja, jesi i bićeš! Uzalud mi pokušavamo da pokažemo da smo bolji pedagozi od svojih roditelja! To su nam malo iluzije udarile u glavu, pa mislimo da izmišljamo nove odnose i novi poredak! Priroda je to davno zapisala i tu je kraj! Majka je majka i ne može biti prijatelj u onom smislu u kom bi želela da bude!

— Filozofe moj! Govoriš kao starac Fočo od stotinu ljeta!

Jana se nasmeja. Tek sad je shvatila da je ovaj razgovor izneo iz bolničke sobe. Zahvaljujući njemu je zaboravila i gde se nalazi i zašto je tu.

— Da znaš da sam postala starac, ne od stotinu, već od dve stotine ljeta!

— Starac?! — ponovi Oja kroz smeh.

— Da, starac! Ne znam šta ti je tu smešno!

— Pa, možeš li mi sad reći, starče, ima li nekih novosti?

— A šta da ti kaže starac sa tumorom na dojci?

Poslednja reč joj se gubila u napadu nekontrolisanog smeha. Videla je sebe kao smežuranog starčića, duge, sede kose, bez ijednog zuba, ali sa ogromnim grudima.

— Čekaj, moram da odlučim da li sam starac sa silikonima ili nesrećna greška igre hormona!

— Samo ti odluči! Ja glasam za hormone, ako se moj glas usvaja! Nekako su mi draži, a i prirodniji!

Smejale su se kao srednjoškolke, bez razloga. Smeh radi smeha! Jani se činilo da joj je jedino to i potrebno. Činilo joj se da tako ismejan i iskarikiran njen neprijatelj postaje slabašan, skoro zanemarljiv. Ozbiljnost, zabrinutost i sažaljenje su ga uvećavali i jačali.

— E, lako je tebi, Ojice, možeš da se smeješ koliko hoćeš i da pričaš šta hoćeš! Za mene će još, ako me čuju ili vide ovakvu, pomisliti da sam sišla sa uma!

— Ništa se ti ne brini! I to ti ide u prilog! Većinu starih mudraca su savremenici smatrali ludacima!

— Sve mi ide u prilog!

Smeh je lagano i neprimetno jenjavao.

— Pa, hoćeš li mi nešto reći? — Ojin glas je postajao ozbiljniji. — Je li ti nešto rekao doktor?

I Jana se uozbiljila.

— Ništa posebno. Čekam još neke rezultate analiza. Operacija mi je zakazana za četvrtak. Izvadiće deo tkiva da provere da li je maligno ili benigno. I to je to. Uobičajena procedura.

— Mislim da jeste potpuno uobičajena, bar na osnovu onoga što sam čitala, ili čula. A ti? Reci mi, kako si? — bojažljivo je upitala Oja.

— Navikavam se. Nisam bila dobro. Sad sam već bolje. Živ se čovek na sve navikne, rekao bi naš iskusni narod.

— Baš tako. Mora tako. Treba li ti nešto?

— Baš ništa. Svetislav mi je doneo sve, i potrebno i nepotrebno. Ne brini.

— Oki. Ako se nečeg dodatno setiš, zovi. Ljubim te. Moram da idem. Čućemo se, a sutra ću doleteti da te vidim.

— Važi. Čućemo se!

Spustila je telefon na ormarić kraj kreveta i uzdahnula.

Da li se čovek ikada može navići na činjenicu da je izbačen iz svoga života? Da li ijednom čoveku mogu biti dovoljne preostale mrvice sa sopstvene trpeze? Jurišale su na nju mračne misli, iako se svim silama trudila da ih odagna.

Vrata tiho zaškripaše i u sobu uđe Dušanka.

„U pravi čas", pomisli Jana i lagano se pridiže.

— Evo me! Večera nije bila loša. Šteta što nisi htela da jedeš. Sve im je dobro, ali ga ne sole uopšte. Ja ne mogu tako da jedem! Nosim svoju so, pa kad niko ne gleda, osolim... Svratila sam do petice. Ponovo su vratili Radu. Jadna žena. Puste je, pa ne prođe ni par dana, opet dođe. Skuplja joj se voda u jetri. Sve češće i češće. Baš loše izgleda.

Jana je gledala u nju i nije znala šta da kaže. Šta se uopšte govori u ovakvim situacijama? Treba li da izrazi svoje žaljenje? Treba li da se zainteresuje? No, Dušanka očigledno nije ništa očekivala od nje. Pogledala je pomalo ispitivački.

— A ti si poprilično mlada. Šta ćeš, bolest ne bira. Hajde da izađemo malo na terasu. Sad je prijatno.

Jana ustade i pođe poslušno za njom, poput deteta. Sele su na najbliže stolice. Terasa je sada bila poprilično puna. Osetila je ispitivačke, znatiželjne poglede kako lete sa različitih strana. Bilo joj je pomalo neprijatno. Osećala se čudno, ogoljeno. Dušanka, kao da je to osetila, postavi se nekako zaštitnički. Nešto je u njenom stavu govorilo da je ova nova pacijentkinja njena, da ona polaže sva prava na njeno društvo, da će, ako je to potrebno, i da se obračunava u njeno ime. Jana je to osećala, ali nije joj smetalo.

— E, baš si lepa! Dobro je, dosta mi je onih nepokretnih baba! Nemoj pogrešno da me shvatiš, žao je meni njih i znam da im je teško, da i one treba da se leče, ali osećam se još bolesnije uz njih.

Jana se zbunjeno nasmeši, a Dušanka je šeretski pogleda.

— Ovako, uz tebe, i ja se osećam mlađom i lepšom! A, bogami, i gospodski! Pušiš li? — upita je zaverenički.

— Ne. Zapravo, ponekad zapalim.

— E, ja pušim. To je jedino čega nisam htela da se odreknem! Idem po cigarete, pa ćemo ovde da zapalimo po jednu.

— Ovde? — zbunjeno pogleda oko sebe.

— Pa, da, dok nema nikoga. Doktori ne izlaze na terase, a sestre, i kad primete, progledaju nam malo kroz prste. Uostalom, čućemo ih. Moraju kroz sobu.

Ustade i žustrim, pomalo muškobanjastim hodom ode u sobu. Vratila se sa kutijom jeftinih cigareta. Jana se malo opirala, ali je na kraju i ona zapalila. Cigareta je bila izuzetno jaka, nikad ranije nije takve pušila, ali joj je iz nekog razloga jako prijala. Da li zbog same cigarete ili zbog ove neočekivane igre skrivanja, oseti se nekako živo i grešno. Sedele su tako dugo. Dušanka je pričala i pričala. U početku je letela sa teme na temu, a zatim je počela svoju ispovest. Jana je pomno pratila njenu priču. Nije joj bila dosadna. Štaviše, prijalo joj je da zaposli sopstvene misli. Nije želela da se bavi sobom i sopstvenim preispitivanjima. Iz časa u čas se pred njom stvarala slika sudbine ove čudne, živahne žene koju, verovatno, u drugim okolnostima nikada ne bi ni srela.

Bila je to žena iz potpuno drugog staleža, drugačijih interesovanja, drugačijih stavova. Odrasla je u jako siromašnoj porodici. Rano je ostala bez roditelja. Imala je samo brata. Upućeni jedno na drugo, podredili su jedno drugom živote. Udala se sa nepunih osamnaest i rodila kćerku. Muž joj je bio alkoholičar i kockar, siledžija u svakom pogledu, pa ga je brzo napustila, tačnije, oterala. Nije mogla da trpi batine. Zapravo, ona bi i trpela, ali je počeo da udara i na devojčicu. Jednom ga je zatekla kako nasrće na malu, pa ga je izbola nožem. Ne, nije ga ubila, samo ga je izranjavala, a on je, u strahu da će ga optužiti, pobegao ko zna gde. U svakom slučaju daleko od njih dve, što je bilo sasvim dovoljno. Zaposlila se u poljoprivrednom kombinatu. Radila je najteže fizičke poslove, rame uz rame sa muškarcima. Ništa joj nije bilo teško. Bilo joj je bitno samo da detetu ništa ne nedostaje. Napravile su kućicu, sasvim malu, ali dovoljnu za njih dve. Brat joj je puno pomagao. I baš kad je trebalo malo da se opusti, da odahne, kad joj je kćerka stasala, naišla je bolest. Nije joj se tek tako predavala. Borila se. Operacija, terapije, pa ponovo na posao. No, ni bolest se nije šalila. Prelazio je kancer sa jednog kraja organizma na drugi. Podmuklo i zlobno. Posle treće operacije je otišla u invalidsku penziju. Nije bila velika, ali za nju dovoljna. I kćerka je počela da radi, brat je pomagao. Sad se nadala da je zauvek iskorenila sve. Doktori kažu da je dobro. Samo joj je krvna slika užasno oslabila, ali i to će ona popraviti. Sad, kad je puste iz bolnice, odmah će otići u rodno selo. Tako je poželela da udahne onaj svež, jutarnji vazduh. Ranije bi dan počinjala uz kaficu i čašicu domaće rakije u dvorištu. Sigurna je bila da će je to sada preporoditi. Popraviće ona tamo i svoju krvnu sliku. Nema ništa bez domaće hrane. A ni rakija nije za zanemarivanje. Dok se tako živelo, bolesti skoro da nije bilo.

Te večeri je zaspala lagano. Dušankina priča i nesvakidašnja životna energija koja je izbijala iz njenih reči, njenih pokreta delovale su na nju nekako umirujuće. Iz ove sitne žene su izbijale zapanjujuće jaka vera i gromoglasna nada. Nisu one dozvoljavale zracima bola da prodru u njenu dušu. Imala je ona jasno iscrtanu putanju — primiće krv, izaći će iz bolnice i otići na selo gde će ozdraviti potpuno. Nije tu bilo ni trunke sumnje u krajnji ishod.

Novi dan je u bolničkoj sobi krenuo tiho, ali po strogo utvrđenoj dinamici i pravilima koja joj baš nisu bila najjasnija, ali im se nije ni protivila. Buđenje, merenje temperature, pritiska, potmulo lupanje klompi po hodniku, prigušeno dozivanje, jutarnja vizita, sestra koja ih je sakupljala u čudne odrede i sprovodila na preglede mašući njihovim kartonima. Jana je bila poslušni pijun. Nije pitala, nije reagovala, samo je slušala, a telo je samo odrađivalo ono što se od njega očekivalo.

Kada se vratila u sobu, zatekla je Svetislava kako stoji kraj prozora. Pogled mu se nemo gubio u daljini. Okrenuo se prema njoj. Učinilo joj se da se iznenadio ugledavši je. Nije imao pripremljen smešak. Na licu mu se iscrtavala tuga. No, brzo se snašao. Rukom je nehotično popravio svoje naočare i razlio usne. Prišao joj je, blago je zagrlio i poljubio u kosu.

— Već si stigao?

— Stigao da vidim svoju dragu ženu.

Blagi osmeh joj zatitra na usnama. Spustio je ruku na njeno rame.

— Kako si?

Brzo je sakrila pogled od njega.

— Dobro.

Glas joj je bio neuobičajeno tih.

— Hajde da sednemo na terasu — pozva ga pokazujući vrata.

Nadala se da će tamo razgovor lakše teći. Klimnuo je glavom i krenuo za njom.

— Čekaj, doneo sam ti doručak — seti se najednom i vrati se po kesu.

— Nadam se da je nešto lagano. Znaš da danas treba da se spremim za operaciju. Rekli su mi da doručak bude baš lagan, a nakon njega ništa.

— Jogurt? Pahuljice?

Nasmešila se. Opet je na sve mislio.

Izašli su i seli jedno naspram drugog. Dušanka je sedela malo dalje od njih. Radoznalo je posmatrala Svetislava. Pogled joj se smešio. On je kratko osmotri, još kraće pozdravi. Nije imao nameru da joj pokloni ni trunku svog vremena, ni svoje pažnje. Jana oseti blagu neprijatnost zbog toga, ali ne reče ništa.

Razgovarali su tiho. Rečenice su im se nekako spetljano vukle, kao da će svakog trenutka da se spotaknu i padnu u nepovrat. Videla je da mu je teško i da ne uspeva da prebrodi svoju tugu, ali ovoga puta ni ona nije imala snage da ga vuče. Činilo joj se da je sav napet, da samo čeka trenutak kada će moći otići odavde. Nije mu zamerala. I ona bi otrčala, samo da može. I zaboravila bi ovaj kutak planete. Ali, nije imala izbora. U momentu shvati da je upravo ta mogućnost izbora najveće blago koje čovek može da ima. Istog trenutka zažali što nije dovoljno uživala u njegovim blagodetima dok je mogla.

— Zvala je Mia — Svetislavljeve reči sasekoše njene misli u korenu. Pogled joj postade bolno težak, a reči se slediše negde na putu do usana.

— Ne brini. Nisam joj ništa rekao. Ali, kao da sluti nešto. Ispitivala me je podrobno i gde si, i šta si. Rekao sam joj da imaš neki simpozijum i da nećeš biti tu par dana. Ne bih baš rekao da mi je poverovala da je sve u redu.

Jana obori glavu. Tuga joj zapara po srcu oštrim kandžama.

— Ne sme saznati... — jedva izgovori. — Ne sme, bar dok ne vidimo šta će dalje biti.

— Ne brini. Neće — stisnuo je njenu šaku ne bi li se uverila u njegovu čvrstinu.

— Zapravo, najbolje bi bilo da je ja danas pozovem. To bi je, verovatno, umirilo. Samo nisam sigurna da li mogu pričati kao da se ništa ne događa. Nisam sigurna... kad je čujem...

— Neka za sada bude ovako, pa ćemo videti — prekide je on blago. — Samo ti nemoj još i time da se opterećuješ! Prepusti to meni.

Sedeli su još neko vreme i ćutali, a onda se on spremio da pođe. Jani je iz nekog čudnog razloga laknulo.

Poljubio je u kosu ponovo. Pogledao je bojažljivo. Ispod tankih stakala su se nazirali čudni trzaji njegovih očiju.

— Hoćeš li da dođem popodne?

— Nemoj — izgovorila je brzo. — Oja je rekla da će i ona svratiti. Možda bi najbolje bilo da budem malo sama.

— Kako ti želiš — slegao je ramenima. — Ako se predomisliš, zovi me. Čekaću.

Znala je da se neće predomisliti, ali je potvrdno klimnula glavom. Izašao je strogim korakom. Prethodno se kratko naklonio Dušanki koja je čitala neki časopis. Jana je gledala za njim. Podsetiše je njegovi koraci na neke druge korake koje je davno nekada besomučno želela da zaustavi, ali glas je nije poslušao. Zaledio se, baš kao i sada.

Želi i on da bespovratno pobegne? Probudiše se negde duboko u njoj sve tuge izneverenog deteta i požele da zaplače glasno, bez ustezanja. Požele da se sklupča i da je neko zagrli toplo, zaštitnički. Zašto nikad nije odrasla?

— To ti je muž? — bilo je jedino pitanje koje je Dušanka postavila o Svetislavu. Nije ništa komentarisala. Zapravo, ona je uopšte jako malo pitala, više je konstatovala ono što primećuje. Jana je morala priznati da je zaključivala jako dobro, oštroumno. Imala je britku, zdravorazumsku, prirodnu inteligenciju. Nije je bilo potrebno dva puta pogledati da bi se zaključilo da nije školovana, ali je razmišljala vrlo duboko, donosila pravilne zaključke i izvlačila pouke bez ikakvog napora. Sve je kod nje nekako bilo spontano i jednostavno, pa i samo mišljenje.

Tog popodneva je došla Oja. Istovremeno je i Dušanki došla poseta — brat i kćerka. Jana se u potpunosti posvetila Oji, pa se sa njima samo nakratko upoznala. Mogla je samo da primeti da je devojka preslikana majka. Imala je njenu konstituciju, njen pogled, njene pokrete. Da li je Mia tako ličila na nju? Bliskost koja je povezivala ovo troje ljudi je bila skoro opipljiva. Iz Dušanke je isijavala energija. Činilo se da se suzdržava da ne poleti po sobi.

Ona je Oji detaljno opisala preglede na koje je išla jutros, zatim joj ispričala za Mijinu sumnju. Nije mogla da iz srca odagna tu mešavinu straha i bola koju je izazivala sama pomisao da bi deca mogla saznati šta joj se dešava. Znala ih je dobro — poleteli bi za Beograd istog momenta. Ne bi ni razmišljali. A ispitni rok im je počinjao za par dana. Nije želela da ih potresa. Nije želela da njena bolest remeti njihove živote.

A Mijina sumnja je nije iznenadila. Imala je njena kćerka neko istančano čulo. Mogla je da oseti emociju zakopanu i skrivenu iza sedam gora. Teško, skoro nemoguće bilo je od nje sakriti tuge i probleme. A uz taj svoj istančani sluh za osećanja, imala je i skoro manijakalnu potrebu da sve ispita do detalja. Ne bi mogla da se smiri dok svaki detalj određene situacije ne bi postao pomno izglančan i uredno složen na pravo mesto. Nikad nije odustajala. Dešavalo se da svi zaborave i da je postojao problem, a da ih ona zaprepasti tako što bi iz nevidljive torbe, kakvu nisu očekivali, prosula pred njih sve pažljivo i strpljivo prikupljene detalje onda kad bi se oni tome najmanje nadali. Takva je bila njena Mia oduvek. Osetila je i sada da nisu sve kockice na svome mestu, pa ni na broju. Kilometri kopna i okeana nisu bili nikakva prepreka za njen sluh.

— Jedino što mi preostaje je da je nazovem i odglumim tu priču o simpozijumu. Ne znam samo da li ću i koliko uspeti! Plašim se da ne uprskam još više stvar! — jadala se Oji.

— Ne znam. Bila si ti dobra glumica. Nekada. Možda je bolje da ne eksperimentišeš sada. Tek to bi joj bilo teško da ti oprosti. Mislim da nećeš moći baš tako dobro da se pretvaraš. Smotana si mi postala, Janči! Nekako metiljava! — Oja se nasmeja blago.

— E, baš ti hvala! Ima tebi u inat da se učlanim u neko amatersko pozorište, samo da izađem odavde. Ima da glumim gospođu ministarku, ako treba, pa ćeš ti da vidiš ko je smotan i metiljav!

— E, kad si već kod amaterskih pozorišta, jedno, u Zemunu, traži odgovarajuću glumicu za Pinokija! Jeste da je dečja predstava, ali...

Nije uspela da dovrši rečenicu jer je Jana pogodila svojim ogrtačem.

— Šta se ljutiš! Mislim samo da imaš sve potrebne kvalitete za tu ulogu! — reče Oja ozbiljno, a zatim obe prsnuše u smeh.

Pacijenti, zatečeni na terasi, posmatrali su ih začuđeno. Verovatno su pokušavali da shvate šta se to zapravo dešava. Možda su im njih dve izgledale pomalo čudno i ludo, ali njihov iskreni smeh ih zarazi skoro sve. Postale su svesne situacije tek kad su primetile gomile tog smeha svuda okolo.

— I tako postadosmo mi glumice. Komičarke. Na onkologiji — izgovori Jana namerno menjajući tonalitet svake reči.

— Rekla bih tragikomičarke, ako smem! Šalu na stranu, šta ćeš da radiš?

Jana sleže ramenima.

— E, hajde ovako! Sutra svakako ideš na operaciju. Nećemo ništa dirati dok ti to ne prođe. Neka se Svetislav malo bori sa tim. Neka on osmisli strategiju, makar i privremenu, za umirivanje Mijinih probuđenih čula, a ti miruj! Kad prođe ta sutrašnja operacija, videćemo šta i kako dalje.

— Ti si moj strateg, znaš li to?

— Strateg, a? Ja strateg, ti glumica, a? Da si bar rekla ađuntant, pa da prihvatim!

Jana pruži ruku preko stola i njome čvrsto stisnu Ojinu šaku.

— Hvala ti što me ne žališ!

Ojina ruka se zalepi preko njene.

— Strateg ne bi bio dobar kada bi žalio svoju vojsku. On mora da osmisli plan da je ojača, da joj izvida ili, bar, prikrije rane, da je podigne, zaštiti. I on zna da svaka pobeda ima svoju cenu.

Janine oči su se toplo i vlažno smešile. Oji je bilo teško da je ostavi samu. Videla je to po njenim uštogljenim pokretima, po nabacanim rečima. Videla je to i po koracima koji su njenu prijateljicu jedva gurali napred. Na kraju hodnika se naglo okrete i mahnu joj lagano. Tužni osmeh polete sa njenoga lica i zalete se u Janino stegnuto srce.

Tog popodneva su se sati vukli, usporeni i teški. Podsećali su je na beskonačno duboke rupe prepune praznine i hladnoće. Paralisali su je svojom tromošću. Pokušavala je da čita, ali misli su joj bežale od teksta. Pokušavala je da spava, ali najdublji deo njene duše je bio bolno budan.

Dušanka je negde izašla. Verovatno je obilazila pacijente po susednim sobama. Uhvatila je sebe da joj nedostaje ova, do juče nepoznata žena. Njena energija bi je sigurno povukla. Ne bi joj dozvolila da tone. A činilo joj se da su ovi otužno dugi i prazni sati kamen koji je vuče ka dnu.

Okretala se, ustajala, šetala, listala časopise, ali ništa nije moglo ukrotiti njene turobne misli.

Dušanka je uletela u sobu sva razdragana. Prišla je Jani i iznenada je čvrsto zagrlila. Izbijala je iz njenog tela čudesna topla energija. Bila je srećna.

— Stigli su trombociti! Sad će mi uključiti transfuziju! Sutra ću kući, Jano mila!

Jana je poput deteta zapljeskala rukama.

— Divno! Baš mi je drago! — iz njenog glasa je izbijala istinska radost.

Dušanka se brzo, hitrim pokretima nameštala na krevetu.

— Sutra ću kući, svojoj ćerki! Doktor je rekao da mogu da idem čim primim trombocite. Ne znam da li je tu sada, da mi potpiše otpusnu listu! Bože, gde li je ta sestra?! Rekla je da će odmah doći! Ne znam što je nema! — pridigla se nestrpljivo.

— Sad će, sigurno. Ne brini — pokušala je Jana da je umiri.

— Ma, ne brinem ja, nego, znaš kako je! Toliko čekam, samo to. A i odmah bi odletela odavde.

Vrata se otvoriše naglo i u sobu uđe nasmejana medicinska sestra. Nosila je u ruci tamnocrvenu vrećicu.

— Evo, Dušanka, stižem! Nešto ste mi nestrpljivi!

Spretnim pokretima je nameštala vrećicu na stalak i pripremala ostatak aparature.

Dušanka je ličila na dete koje ne može da dočeka da otvori poklon.

— Eto, tako! Evo stižu Vaši trombociti! — veselo reče sestra ubadajući joj iglu u venu.

Dušanka se glasno nasmeja.

— Jeste li dobro? — upita je.

— Dobro, dobro, nego šta! Kako ne bih bila dobro! Sutra ću kući!

— Zovite ako nešto treba! Idem do petice!

— Samo Vi idite! Ne brinite za mene ništa!

Sobu je ispunila neka svečana i uzvišena tišina. Gledale su neko vreme nemo u tamnocrvenu tečnost koja se lagano spuštala tankom cevčicom. Nada se slivala sa svakom novom kapljicom.

— Neko od mojih bivših kolega je dao krv. Znala sam da će mi pomoći. Nisam valjda čitav život tamo provela uzalud. Dala sam ja firmi dobar deo sebe.

Jana nije znala da li treba nešto da kaže. Činilo joj se da je Dušanka uputila ove reči više samoj sebi nego njoj.

— Moram reći ćerki da mi donese bermude. Volim bermude da nosim. Hoću da izađem lepa odavde.

— Tako i treba — ohrabri je Jana nasmešeno.

— Joj, kakve su mi noge! — kao da se iznenada seti. — Baš me briga! Neće me niko ni videti! Idem pravo kući! Znaš, Jano, neću se dugo zadržavati kod kuće. Par dana, čisto da se odmorim, a onda odoh u selo. Ćerka će uzeti odmor, pa ćemo zajedno! Što ćemo uživati! E, zamisli onaj doručak, ručak, domaća rakijica, domaći sir! Biću ja kao nova!

Jana je slušala nemo, a kroz glavu su joj prolazile slike njenog sela u kom nije bila godinama. Probudila je Dušankina priča u njoj davno uspavanu i zaboravljenu sliku idiličnog, mirnog seoskog života na tlu kom vekovima unazad pripadaš. Bilo joj je odjednom sasvim logično da samo takvo podneblje može doneti mir i izlečenje, ili bar zalečenje. Kako je tako nešto mogla zaboraviti?

Ogrnuta veselim i toplim čavrljanjem nije ni primetila kad je prošlo vreme, nije ni osetila da joj je san zakucao na kapke. Tek su je prvi jutarnji zraci uspeli oteti od njega. Ali, ostao je pomalo bolan trag tog sna na njenim kapcima, u njenom sećanju. Nije mogla da se oslobodi slike napuštene, male, bele kućice na bregu i tuge, duboke i iskonske, koju je ta kućica budila u njoj. Sa tom slikom na srcu je i krenula u veliku operacionu salu. Sa tom slikom u duši je britko razgovarala sa doktorom, bez trunke uznemirenosti, bez trunke straha, kao da će biti operisan neko drugi, neko potpuno dalek i stran.

Sa Dušankom se na rastanku pozdravila veoma toplo, srdačno, iskreno. Zavolela je na neki čudan način tu ženu za ovih par dana.

— I za mene popijte jednu rakiju tamo! — dobacila joj je izlazeći iz sobe.

Dalje se ničeg nije sećala jasno. Sve je pomalo ličilo na neko bunilo, na neki čudan san iskidan dalekim, mašinskim glasovima, bleštavim, neonskim svetlom, nekom hladnoćom, pročišćenom, nezemaljskom, jezivom.

Postajala je svesna i sebe i bola koji je kružio oko nje tek u nekoj potpuno novoj sobi. Nije se sećala kako se ovde našla, ali je znala da je gotovo po bolu koji je ispunjavao skoro svaki mišić njenog tela, po mislima koje su pokušavale da se sklope probijajući se kroz sterilnost nove sredine. Sestra je bila skoro sve vreme tu negde, oko nje. Dodirivala je, zagledala je, nešto joj govorila. Reči su joj bile užasno rastegnute, spore. Nije ih razumela. Samo ju je posmatrala, ne trepćući, skoro paralisano.

A onda je došao i doktor. Lice mu je bilo široko, ozbiljno. I on je nešto govorio, zapravo, sudeći po njegovom pogledu, pitao je nešto. Jani se zamuti od svih ovih iskrivljenih slika i iskrivljenih glasova i ona ponovo pobeže u san.

Kada se konačno probudila, nije imala predstavu o vremenu. Misao joj je bila jasnija, ali i bol jači. Pokušala je da se pomeri malo, ali nije uspela. Imala je osećaj da joj se rana proteže duž celog tela i da je svom njenom težinom prikovana za krevet.

Sestra je budnim okom primetila da je pacijentkinja konačno svesna i odmah je otišla po doktora.

— Jeste li dobro? Čujete li me? — upitao je polako.

Jana je klimnula glavom potvrdno. Plašila se da neće čuti svoj glas ako progovori.

— Hajde, probajte da se pridignete polako.

Pružio je ruku ka njoj. Poslušno je krenula ka njemu. Bol ju je razdirao. Nije se predala. Stisnula je zube. Njeno poluispravljeno telo su potresali sitni grčevi.

— Bravo! Vidite da možete! — bilo je iskrenog odobravanja u njegovom glasu. — Dolazio Vam je suprug. Nažalost, ne možete ga još uvek videti. Rekao sam da ste dobro podneli operaciju.

Ponovo je klimnula glavom. Nije mogla da odredi da li bi i želela sada da vidi Svetislava. Nije znala da li želi da vidi bilo koga.

— Uključićemo Vam infuziju i dati injekciju protiv bolova. Treba da znate da Vam predstoji težak dan, ali, ne brinite, već sutra ćete biti bolje.

Reči su mu bile umirujuće, ali Jani je delovalo kao da im nedostaje neki deo, neki veoma bitan deo.

— Odmorite se sada. Razgovaraćemo kasnije.

Njegova ruka je lagano ponovo vraćala u ležeći položaj. Rekao je sestri nešto i izašao.

Odmoriće se. Poslušaće ga. Pogled joj je bio nekako ukočen. Neka strana sila je upravljala njime. Dirigovano je birao kuda će se kretati. Nije smeo, nije želeo, nije mogao poći niz telo, tamo gde je sada gospodarila rana. Ni misli nisu išle tim pravcem, pa ni putem.

Ponovo se u njima pojavila mala, bela kućica. Samo je sada bila puna života, nekog života koji je ostao zarobljen u dalekoj mreži vremena koje je neumitno jurilo. Dragi glasovi tog vremena su je dozivali, tople boje letnjeg dana grejale. Utonula je u njih predano. Svesni deo nje je znao da ne sme preterano daleko lutati tim prostranstvima jer će naleteti na bol, ali nije mogla da se odupre zovu onih srećnih, mirnih godina, onih trenutaka kada se nijedna od nadolazećih nesreća nije mogla ni naslutiti. Utonula je u njih obazrivo, kao kradljivac, svestan da postoji velika mogućnost da ga uhvate.

Odjednom se prenu osetivši nečiji dodir na svojoj ruci. Bio je to doktor. Sedeo je na rubu kreveta.

— Spavali ste. Kako se osećate? Da li ste se odmorili?

— Da — bila je to prva reč koju je izgovorila. Čudno joj je zvučao sopstveni glas.

— Bolovi? — upitno je pogledao.

Nije znala šta da odgovori. Da li je boli nešto? Nije bila ona tu, bila je daleko od ove operisane Jane, pa nije ni mogla da odredi da li i koliko boli.

Doktor je, kao da je shvatio situaciju, samo klimnuo glavom i skrenuo pogled sa njenih očiju na njeno telo.

— Dobro ste podneli operaciju. Trajala je malo duže nego što smo očekivali. Uzorke izvađenog tkiva smo poslali na analizu. Potrebno je da prođe određeno vreme da se utvrdi kakvi su. To je sve očekivano. Pretpostavljam da ste sve to i sami znali kada ste dolazili. Ostaćete još neko vreme ovde, prvo na intenzivnoj, a zatim, kad ojačate, na odeljenju. Dalji tok lečenja zavisi od rezultata koje dobijemo.

Zastao je na trenutak, kao da treba da pređe na novi pasus ili novo poglavlje. Nešto je govorilo Jani da njegova priča nije završena. Između njih je lebdeo oštar trag nedorečenosti. Mogla ga je skoro videti, opipati. Blago se nakašljao. Zbog nečeg je imala utisak da mu je neprijatno.

— To je onaj deo koji je dobar. Nije baš sve proteklo onako kako smo očekivali — ponovo se nakašljao. — Tumor Vam je zahvatio veći deo dojke. Raširio se i na parenhim... Oprostite, limfni čvor... Morali smo to odstraniti.

Njegov pogled se ispitivački zario u njen.

„Pa? Šta, doktore? Šta je tu neočekivano?", pitale su bezglasno njene oči.

— Nismo imali drugog izbora. Žao mi je.

I dalje nije shvatala šta govori. Tišina između njih je bila otužno teška.

— Videćete da to nije tako strašno. Uradićemo rekonstrukciju dojke. Neće se to ni primećivati, samo se Vi oporavite.

Tešio ju je, bilo je očigledno, ali do njenog mozga nije dopiralo saznanje zbog čega.

— Oprostite... ne razumem... — izgovorila je, podižući belu zastavu pred sopstvenim pokušajima zaključivanja.

Nakašljao se, neugodno mu je zbog nečeg.

— Morali smo da Vam uradimo mastektomiju — govorio je polako, dok je njegova ruka blago držala njenu.

U momentu joj celo telo obuze užasna praznina, praznina koja je gušila, od koje se gubio dah, gubio vid, gubio sluh. Krv joj jurnu u mozak, u lice, krv koja je sprečavala da misli. Oči joj vlažno zasijaše odrazom te praznine.

— Molim Vas, smirite se! Znam da je to u ovom trenutku šok za Vas, ali videćete proći će i to.

Ruka mu je blago stiskala njenu. Govorio je još nešto sporo i mirno, ali ga nije čula. Nije čula ni sopstvene misli. Sve oko nje i u njoj je bilo tamno i prazno. Nije postojalo ni vreme, ni mesto, nije postojala ni ona. Nije primetila ni da je ustao i izašao, nije osećala bol, nije mislila ni o čemu. Jedna reč je izbrisala sve što je bila, sve što je okruživalo. Mastektomija — u njenom umu je podmuklo, hladno šuškao svaki glas ove strane reči. To šuškanje je verovatno trajalo satima. Odjekivalo je, sporo i nadmoćno. U krug — od prvog do poslednjeg glasa, pa opet. Nastavilo se, verovatno, i kada je zaspala. Nije se umaralo, lekovi za umirenje nisu delovali na njega.

Bilo je tu i kada je naredno jutro obasjalo sobu, bilo je tu i dok ju je sestra pripremala za jutarnju vizitu, bilo je tu i kada se grupa lekara obrela u sobi posmatrajući je i pričajući nešto na nekom nerazgovetnom jeziku. Pričali su, a njoj se činilo da ona strašna reč proždire sve njihove glasove i potmulo, uporno šušti svugde oko nje.

Premestili su je na odeljenje. Znala je da će joj biti bolje. Biće ljudi oko nje, biće njihovih života. Moći će da prima i posete. Iz nekog razloga ova činjenica je nije posebno radovala. Da li će to naterati šuškavce da utihnu?

Sve njene stvari su preneli. Sestra ih je brižljivo, uigranim pokretima smestila u ormarić. Ostavila joj je telefon nadohvat ruke. Bio je isključen. Uzela ga je u šake, pritisnula dugme. Zaigrao je spektar boja na njegovom ekranu, začuo se poznati veseli zvuk njegovog oživljavanja. Uplaši je to. Brzo ga ponovo isključi i spusti na ormarić.

U sobi je bilo par žena. Svaka je bila u svom svetu, bar tako joj se činilo. Nisu puno obraćale pažnju na nju. Nisu ni međusobno puno razgovarale. Rečenice su im bile kratke, površne, kao da je svaka od njh što pre htela da se vrati svojim mislima.

Ležala je neko vreme gledajući u plafon. Bio je sumorno beo, ispucao na pojedinim mestima. Koliko li je on očajničkih pogleda krio u sebi? Jednostavno mu je bilo suđeno da postane mesto za tugu. Zato je i napravljen. Da li je svako od nas tako predodređen — za patnju ili sreću, da li je za svakog od nas unapred planirano da bude stanište dobrog ili lošeg? Da li i nastajemo tako, smišljeno, da bismo nosili svoje, već iskrojene sudbine, kao odela, šivena po meri? Ako je tako, onda bi svako morao dobiti onoliko koliko može poneti. Da li smo veći, ako nam je teret teži? Treba li težina ličnog tereta da nas učini uzvišenim? Možda je to kao sa zadacima u školi. Postoje zadaci za dvojku i zadaci za peticu. Svaka bi petica rešila zadatak za dvojku bez problema, ali većinu njih ta lakoća dolaska do rešenja ne bi ispunila. Oko onih teških zadataka bi se pomučili, ali bi osetili ispunjenost i radost kada bi ih rešili. Možda bi i život tako trebalo posmatrati. Uostalom, svaku stvar možemo na različite načine postaviti. Ugao posmatranja je najbitniji. Ovaj plafon i ova soba ne moraju biti mesto za tugu i beznađe, nego mesto za nadu, mesto predodređeno da bude izlaz iz problema, iz nesreće. Onda ni ova njegova ispucala bela boja ne bi više bila sumorna, nego bi postala boja vere da će se iz nje roditi mnoge druge boje, da je ona put ka tim drugim bojama. Uostalom, zar bela nije svetlost, svetlost bez primese tame?

Ustade lagano, pridržavajući se za krevet. Žene je upitno pogledaše.

— Možete li sami? — upita jedna od njih pridižući se zabrinuto.

— Mogu. Mogu, ne brinite! Hvala!

Koraci su joj bili nesigurni, drhtavi. Lagano se kretala ka desnom uglu sobe. Tamo je bio lavabo i iznad njega poprilično veliko ogledalo. Išla je polako. Svaki naredni korak joj je bio stabilniji od prethodnog. Svaki naredni korak joj je ulivao novu snagu. Osećala je blagu vrtoglavicu od uspravnog položaja, od kretanja. Bio je ovo za nju veliki poduhvat i njegov značaj i veličina su je vukli napred.

Bojažljivo se uhvati za ivicu lavaboa. Levom rukom pusti vodu. Slivala se lagano klizeći po njenoj ruci. Oči su joj bile sklopljene. Vrhovima vlažnih prstiju pređe po licu. Dopadao joj se ovaj osećaj iznenadnog osveženja, kao da je sa sebe spirala težinu nečistoće. Udahnu duboko, pa otvori oči.

Plašila se da spusti pogled. Podiže ruku u pokušaju da prođe njome niz svoj trup, no mišići nadlaktice se naglo zgrčiše i odbiše poslušnost. Ruka pade kraj nje, kao da je tuđa. Za njom neprimetno skliznu i jedno slovo sa njenog imena i otkotrlja se nepovratno negde u tamu. Tražilo je neki skriveni kutak da u njemu bolno odjekuje i žali za onim što je nekada značilo. Oseti se nekako drugačijom, lakšom. Postala je Ana.

Podiže svoj modri pogled ka ogledalu. Nije znala šta i koga će videti tamo. Tamna silueta joj uzvrati pogled. I njene oči su bile modre, vlažne, duboke. Pokuša da zaroni u tu dubinu, da nađe nešto poznato u njoj. Prepozna samo tupi odsjaj pretrpljenog bola i senku gubitka.

Krupne, tople suze joj zarovariše po licu, sliše se niz bradu. Lagano se prestrojiše u posmrtnu kolonu izgubljenom slovu.

Pogleda još jednom odraz u ogledalu. Bila je bleda. Kosa joj je bila neuredna, iz očiju, uokvirenih tamnim kolutovima, slivala se tuga. Usne su joj bile nekako čudno beživotne. Skupi hrabrost i pogledom krenu niže. Upadljiva asimetrija spavaćice, tamo gde su nekad bile grudi, ostavi je bez daha. Gušila se od ove slike. Neki glas je u njoj vrištao, prizivao je da se probudi. Ovo nije mogla biti stvarnost! Nije smela biti stvarnost! Oseti potrebu da razbije ogledalo, da ga gleda kako puca u milion sitnih komadića. Bol se povlačila pred naletom besa.

Trže se osetivši nečiji čvrst stisak na nadlaktici. Okrete se polako, sa nevericom. Pored nje je stajao Svetislav. Kad i kako se tu stvorio? Nije mu nazirala oči kroz stakla naočara, a želela je. Zamagli joj se od njegove blizine, od njegovog mirisa, od odsjaja na njegovim naočarima i stropošta mu se u naručje.

Nije mogla da odredi koliko je dugo bila bez svesti. Čula je kroz neki polusan glasove oko sebe. Nije mogla da odredi kome su pripadali, ni šta su govorili. Kada se osvestila, Svetislav je sedeo u dnu njenog kreveta i nežno joj milovao stopala. Gledao je u njih kao da su izvor neke neočekivane lepote. Prsti su mu blago kružili od njenog palca, preko svih prstiju redom do pete i nazad. Nije znala da li joj je prijao ovaj dodir, ali nije povukla nogu. Jednostavno je pustila da traje. Nije želela da mu pokaže da je budna i svesna. Lagano je spustio glavu do njenog stopala i počeo da ga ljubi. Dodir njegovih usana je bio vlažan i topao. Prođe je jeza. On to oseti, podiže glavu i pogleda je. Tišina je neumitno stajala između njih, kao tampon, teška i upijajuća. Gledali su se bolno i dugo, kao da jedno drugo procenjuju, kao da pokušavaju da shvate šta je od njih ostalo posle oluje.

On ustade i priđe uzglavlju kreveta. Njegova ruka se spusti na njeno lice. Bilo je topline, blagosti, nežnosti u tom dodiru, ali i sažaljenja. Osetila je to svakom svojom porom. Odjeknu bol u njoj, pa okrete naglo glavu na drugu stranu. On je uhvati za bradu, nežno i čvrsto u isti mah. Zaroni njegov pogled duboko u njene vlažne zenice.

— Školjka, ionako, postaje nebitna, baca se. Važan je biser. Ti si moj biser, Ana — govorio je polako, smireno. Imala je utisak da želi svaku reč da naglasi.

Ove njegove reči podigoše branu. Gomila skupljenih emocija krenu da se izliva iz nje. Plakala je, u početku nemo, pa sve glasnije. Treslo se čitavo njeno telo. Njegove ruke su je okruživale sa svih strana. Nije pokušavao da je umiri. Jednostavno je bio tu da je podrži u njenom bolu.

Nisu puno razgovarali ni narednih dana. Dolazio je, sedeo kraj nje, odlazio. Bilo je trenutaka kada bi i zaboravila da je on tu, pa bi je njegova iznenadna reč ili dodir trgli iz njenih lutanja i preispitivanja. Činilo joj se da je poseta bolnici postala obavezna aktivnost u njegovom dnevnom planeru, a Svetislav je oduvek sve svoje planove revnosno ostvarivao. Gde je tu bila granica između želje, potrebe i obaveze? Nije je mogla dokučiti. Uhvatila je sebe da joj to, zapravo, nije ni bilo bitno.

Navikavala se lagano na novu realnost, na svoje novo telo. Često bi joj pred očima zatitrao Dušankin lik. Bilo je nečeg u ovoj maloj, živahnoj ženi što je nadahnjivalo, što je plenilo. Nikad nije mogla ni pomisliti da će joj jedna takva žena postati inspiracija. Oduvek je smatrala da su za to rezervisani, pre svega, obrazovani ljudi. Dušanka to, svakako, nije bila, ali su joj se Anine misli vraćale vrlo često. Dugo nije mogla rečima formulisati šta je bilo to što je privlačilo ovoj ženi. A onda je u jednom trenutku iskrslo pred nju saznanje. Sve vreme joj se nametalo, a ona ga jednostavno nije konstatovala. Bila je to jedna od onih optičkih varki uma koje prosto zabole zbog svoje jednostavnosti i lakoće kad se razotkriju. Dušanka se nije žalila što je bolesna. Nijednom nije pitala zašto se baš njoj sve to dešava. Borila se sa svojom bolešću mirno, ne tražeći razloge, bez trunke samosažaljenja. Prihvatila je svoj krst bez opiranja, nosila ga bez jadanja.

Oporavak je tekao očekivano. Kada su je zatvarali, verovala je da će dan izlaska iz bolnice jedva dočekati, no nije bilo tako. Primila je ovu vest neobično mirno. Postala je svesna da je njen dotadašnji život završen, da mu se neće i ne može vratiti. Svoj novi život još uvek nije mogla da predvidi ili isplanira, pa nije bilo euforije u njoj. Svetislav je došao rano tog jutra. Popakovao je sve njene stvari i čekao da ih doktor obavesti da je otpusna lista gotova. Sedela je na ivici kreveta kao dete spremljeno za dalek, nepoznat put. Prišao joj je, pomilovao je široko po kosi. Učini joj se da je njegov dodir najava za nešto. Bio je nekako nepotpun, nedovršen.

— Deca znaju — izgovorio je polako, oprezno.

Ošinula ga je pogledom koji je u trenu postao oblačan i kišan, gromovit.

— Nisam uspeo... Mia... toliko je navaljivala... Nije bilo drugog izlaza, morao sam reći...

Ljutina i bes su joj mutili svest. Zamuckivao je. Osećaj krivice mu je kidao misli, lomio rečenice.

Jedina stvar koja joj je bila bitna je da deca ne saznaju, bar ne odmah. Morala je da se spremi za susret sa njima. Nije smela dopustiti da je vide ovako jadnu, bespomoćnu, nesređenu, lomljivu.

— Zvala je od prvog dana, više puta svakodnevno. Nije poverovala u priču o simpozijumu, a onda se ni ti nisi javljala na telefon. Nije prihvatala nijedno moje objašnjenje. Lovila je istinu. Oprosti... Nisam imao izbora.

— I? — to je bilo jedino što je uspela da iščupa iz svog stegnutog grla.

— Doći će u subotu.

Nije bila spremna da se suoči sa njima. Morala je prvo da se navikne na novu sebe.

— Ne mogu, ne smeju u subotu. Neću im dozvoliti.

Upitno ju je pogledao. Iz nje je izbijala odlučnost kakvu do sada nije video.

Vrata se široko otvoriše i kroz njih se pomoli ljupko lice sestre koja im reče da je lista gotova i da ih doktor može primiti.

Neujednačenim koracima su stigli do jedinih tapaciranih vrata na spratu. Odudarala su potpuno od svog okruženja. Delovala su suviše glomazno, suviše luksuzno. Doktor je izlazio iz svoje sobe. Nosio je neke papire u ruci. Bio je užurban. Krajičkom oka ih je osmotrio, nespretno se nasmešio i zamolio ih da sačekaju par minuta, samo da nešto završi. Za njim su iz sobe izašle dve tihe prilike. Nije ih Ana odmah pogledala, nije joj upalo u oči ni da su u crnom. Nekako su se nemo i neprimetno kretale, smestile se, isto tako neprimetno, kraj jednog stuba iza njih.

Svetislav je stajao mirno. Vrhovima prstiju desne ruke je nameštao svoje naočare. Ana je znala da je to odraz nemira koji ga je ispunjavao. Ona je šarala pogledom po njegovom licu, vratima, dugačkom, sterilnom hodniku. Prešao je njen pogled i pored one dve osobe kraj stuba, ali ih je samo okrznuo. Bile su nekako čudesno lagane, kao da su se stopile sa vazduhom. Doktor se vratio onim istim užurbanim koracima. Ani se učtivo nasmešio, a zatim prišao onim prilikama kraj stuba. Dao im je papire i nešto tiho govorio. Ženska osoba je rukom nespretno brisala suze. U trenu je podigla glavu i Anin pogled se sudari sa njenim. Bio je to sudar od kog se čitav hodnik zavrte oko nje. Dah joj je zastao negde na sredini pluća i nije mogao ni na jednu stranu. Uhvati se za Svetislava. On se uplaši, ščepa je za ramena, povuče ka prozoru.

— Šta je bilo? Jesi li dobro? — iskrena zabrinutost je prigušila njegov glas.

Ana polako klimnu glavom. Čekala je da vazduh ponovo prostruji kroz njene disajne organe. Lice joj je bilo crveno.

— Šta se desilo? — u glasu mu se moglo nazreti olakšanje.

— Dušanka...

— Šta? Koja Dušanka? — nije shvatao.

— Dušanka, žena koja je bila sa mnom u sobi... Oni ljudi što razgovaraju sa doktorom su njeni brat i kćerka.

Pogledao je ka njima. I dalje mu nije bilo jasno šta je tu uznemirujuće. Troje ljudi je tiho razgovaralo u hodniku.

— Bože, Ana, kako si me uplašila! Pomislio sam da ti nije dobro, a ti pričaš o nekoj Dušanki!

— Svetislave, oni ljudi su u crnini. Dušanka je umrla! Nije smela! Trebalo je... — bilo je ljutine u njenom glasu.

Pogledao ju je strogo i hladno. Nije voleo kada se ovako ponašala.

— Pa? Umrla je neka žena sa kojom si kratko bila u istoj bolničkoj sobi. To mi je isto kao da se uzrujaš što je umro neki slučajni prolaznik na ulici. Uostalom, žena je, verovatno, bila jako bolesna.

Nije znala da li da se upušta u dalju diskusiju ili da jednostavno stane. Svetislav je bio od onih ljudi kojima nije bilo lako promeniti stav, tako da se većina njihovih rasprava završavala njenim povlačenjem.

Njeno dvoumljenje je prekinuo doktor koji im je prišao, izvinio se i pozvao ih u svoju ordinaciju.

— Oprostite, doktore, moram da Vas pitam — okrenula se ka njemu. — Ljudi sa kojima ste sada razgovarali... To su Dušankini...

Svetislav je oštro ošinu pogledom.

— Da — prekinuo ju je doktor odsečno. — Nažalost, preminula je.

Pogledao ju je upitno. Učinilo mu se da se dosta uznemirila, da traži neko dodatno objašnjenje.

— Znate, ona je imala izuzetno težak i redak oblik leukemije. Šanse da preživi su joj bile jako male, da se izleči nikakve.

Pred očima joj zatitra Dušankin živahni lik. Nije mogla da ga odagna. Odzvanjale su njene reči kroz Aninu svest. Od njihovog odjeka nije čula šta joj doktor priča. Potpisivao je neke papire koje je potom i njoj pružio na potpis. Mehanički je pisala svoje ime, isto tako klimnula glavom i izašla. Ispred nje je odsečno koračao Svetislav. Učini joj se potpuno dalek. Osećaj da su potpuni stranci joj donese novi nemir.

— Nisam im izjavila saučešće! — preseče je iznenada ovo saznanje i ona zastade.

Svetislav se nezainteresovano okrenu, pogleda je hladnokrvno, slegnu ramenima i nastavi. Bilo je kod njegove žene puno toga što nikad neće razumeti, pa ni prihvatiti.

9

Godina koja je usledila bila je teška i duga. Brojni su bili padovi, preispitivanja još brojnija. Padala je Ana često, ali se i dizala. Znala je da je jedino što joj preostaje borba u kojoj niko nije mogao da je zameni. Imala je saveznike, mada su joj češće izgledali kao navijači. Teško je podnosila hemioterapije, još teže joj je bilo kada je ostala bez kose, bez obrva i trepavica.

Bilo je trenutaka kada se u potpunosti povlačila, zatvarala u sebe, bežala od sveta. U takvim trenucima bi joj se kao film vraćao njen dosadašnji život. Da li je pre bolesti bila ispunjena, srećna? Znala je da je drugima njen život izgledao lepo i idilično. Završila je fakultet, radila posao za koji se školovala, živela u mirnom braku, odgojila dvoje dece, poslala ih na studije u inostranstvo. Ipak je sve vreme znala da tu nešto nedostaje. Dugo je ovo osećanje pripisivala odjecima svog mučnog detinjstva koje je pokušavala da zaboravi, potisne, promeni u svojoj glavi, ali je neki njegov deo uvek isplivavao praćen strašnim šuškanjem u njenoj duši. Pobegla je ona sa nepunih devetnaest od svega što je bila ranije. Verovala je da će svetla milionskog grada prigušiti bol koju je nosila u sebi. Već su joj prvi koraci u novom gradu bili stabilniji, odlučniji. Ovde je niko nije znao, niko nije žalio. Mogla je postati šta god je želela. Bio je ovo čist list koji je sama ispisivala, bojama kakvim je htela, rečima drugačijim od ostavljenih. Znala je samo da se nikad neće, ne može, ne sme vratiti onome što je bila.

Trudila se svih ovih godina da uveri sebe i druge da je sve što se dešavalo zauvek ostalo u prošlosti. Retko je pričala o tome. Pokušavala je i da ne misli. Kada bi došli šuškavci, zatvarala se i bolovala sama. Gutala je suze kako ih drugi ne bi videli. Ispunjavala je sebe sitnim svakodnevnim stvarima, bavila se decom, poslom, pokušavala da bude savršena majka, savršena žena, savršena domaćica. Iscrpljivala je sebe visoko postavljenim ciljevima. Niko to nije tražio od nje. Sama je, ne bi li popunila strašnu mračnu rupu, prepunu najrazličitijih šuškavaca, koja je zjapila iz nje. Ali, ipak, nešto, nešto jako bitno je uporno zaboravljala. Nije dugo mogla da odredi šta bi to uopšte moglo biti. Naslućivala je samo da će onog trenutka kada se seti biti srećna.

Odlučila je da pobedi opaku bolest. Odlučila je i da se nakon nje posveti samo sebi. U godinama koje su prozujale joj se činilo da je gradila svoj život, ali je zapravo bila puki nadničar u životima drugih. Činila je sve da drugi, njoj bliski ljudi, budu srećni i ispunjeni. Neumorno je radila kako bi njihovi životi bili što stabilniji, skladniji, zdraviji, lepši, a ona sama je dobijala samo mrvice zadovoljstva od tog neumitnog rada. Sada je poželela da ispuni sebe. Nije tačno znala kako će to učiniti, ali se nadala da će način već nekako isplivati pred nju.

Jednog dana i jeste. Listala je neki časopis čekajući Svetislava da se vrati sa posla. Pogled joj je privukla fotografija proćelavog muškarca koji je stajao u gomili nekih ljudi i ponosno se smeškao objektivu. Nešto je u njegovom liku bilo privlačno, prepoznatljivo. Osetila je neku tupu bol u utrobi zbog sopstvene nemoći da odredi šta je to. Užurbano je preletela preko teksta. Pogled joj se zalepio za jedno ime — Vladimir Mitrović. Odjeknulo je ono nekako čudno u njoj. Uznemirilo je. Sredila je misli i vratila se tekstu, ovoga puta polako i sa razumevanjem. Bila je to priča o dobitniku nagrade Artista, najprestižnije likovne nagrade na prostorima bivše Jugoslavije. Dobitnik je bio upravo Vladimir Mitrović. Pažljivo je pročitala tekst do kraja, a zatim se ponovo vratila na fotografiju. Bila je sa izložbe priređene njemu u čast.

Zaigra joj pred očima lik buckastog, smotanog dečaka, mladića. Nije bilo sumnje. Bio je to Vlada Mlitavi, kako su ga zvali u osnovnoj, pa i kasnije, u gimnaziji. Ostario je dosta. Nekad je imao dugu, kovrdžavu kosu, a sada je bio proćelav, ali lik i ime su bili njegovi.

Ostavi Ana časopis nehajno na sto i poče da šeta po sobi.

Vlada Mlitavi je uspešni slikar, a ona? Ona nije ništa naslikala godinama. Nije mogla ni da se seti kada je poslednji put uzela četkicu u ruke. Ko bi poverovao u tako nešto pre dvadeset, trideset godina? Nije joj bio ni do malog prsta. Čak ni prijemni na Akademiju nije položio iz prvog puta.

Oči joj zasuziše od besa, nemoći, ljutnje, ne na Vladimira što je dobio nagradu, nego na sebe što nije postala ono što je želela da bude, što je sve ove godine zaboravljala na to, što je dopustila da je roditelji, a zatim i vreme odvoje od nečeg što je toliko volela, nečeg što je potpuno ispunjavalo svaku poru njenog bića. Kako je to sebi mogla dopustiti? Slivale su se suze niz njeno lice. Plač je prerastao u ridanje.

Titrao je pred njom lik kuždrave devojčice, devojke zaljubljene u samo jednu stvar na svetu, slikanje. Koliko je toj devojci značilo slivanje boja po platnu! Verovala je ona da će joj čitav život biti prebojen tim bojama, jer drugačije nije mogla sebe da zamisli. Život bez boja nije imao smisla, nije bio život. Kako je mogla dopustiti da se njena iskonska želja izgubi pod slojevima vremena, događaja, života? Šta je život ako je u stanju da nas odvoji od suštine našeg bića? Šta smo mi ako uspevamo da živimo bez toga što verujemo da je naša suština?

Svet koji je izgradila i koji je okruživao joj se učini tako šupljim i praznim, besmislenim. Šta je želela, a šta je postala?

Bila je majka, dobra majka. To ju je ispunjavalo, ali deca su odrasla i otišla nošena svojim jedrima. Imali su svoje puteve. Hitali su ka svojim ciljevima. Više im nije bila neophodna, bar ne kao stalnoprisutna figura.

Bila je žena, ali prazna, večito u rascepu sreće i patnje, vere i izdaje, želja i mogućnosti, davanja i uzimanja, nikad na sigurnom tlu.

Bila je defektolog, neko ko je godinama sebe nemilice pružao drugima, ko je vodio tuđe bitke, živeo za tuđe pobede, patio zbog tuđih gubitaka i poraza, neko kome je posao bio da dâ nadu i ljubav. Stvarala ih je ona iz dubine svoje duše čak i kad ih nije bilo ni na vidiku. I dobijala ih je nazad. Prijalo joj je to, ali je vremenom počelo i da je troši. Osipala se kao peščana kula. Izgubila je sopstvenu snagu, pa nije mogla ni da je pruža više drugima, a njima je bila preko potrebna.

Nekada je bila i kćerka. Dobra kćerka, odana, uspešna, do kraja detinjasto pokorna. Nikad nije naučila da se suprotstavi. Želela je često, ali je proždirala svoje reči jer ju je i samo njihovo nastajanje bolelo, duboko i nezalečivo. I kada je ostala bez roditelja, skamenile su se te brojne, nikad neizgovorene reči i postale strašna i mračna pećina u njenoj duši, pećina u koju je retko zalazila.

Bila je i supruga, odana, verna, i isto onako bolno pokorna. Odrastala je u patnji, svađama, mirisu nesreće, pa se od prvog dana svoga braka trudila da stvori porodicu o kakvoj je maštala. Trudila se da bude dobra Svetislavu, da mu pokaže da i sa njom, takvom, može živeti srećno. Zavidela mu je ona na onome što je poneo iz detinjstva, zavidela mu na pravoj porodičnoj harmoniji i ljubavi koju je imao i koja je bila tako kristalno jasna u odnosu na njenu zbrkanu iluziju, iluziju koju je gradila čitav svoj život. Nikada nije ulazila u sukobe sa njim, kao da se jedan deo nje nečega plašio. Nešto u njoj je naviklo da pati i tražilo je razlog za patnju. On nikada nije uspeo da razume njena osećanja. Možda je to jednostavno bilo nemoguće. Bila su mu previše daleka, a ona nije bila spremna da o svemu govori. Plašila se njegovog suda. Znala je da je izričit u nekim stavovima. Nije želela da on prosuđuje o njoj bliskim ljudima, pa samim tim ni o njenim osećanjima prema njima. Možda nije bila spremna da veruje. Možda se i plašila još jedne izdaje. Pukotina među njima je bivala sve veća. Želela je da ga usreći, ali nije znala šta je zapravo sreća. On je samo želeo da dopre do nje, da je shvati, da je ima celu, ali nije uspevao da pronađe put kroz lavirint koji je ona izgradila oko sebe. Vremenom su se i jedno i drugo umorili od bezuspešnih pokušaja. Bili su jednostavno pogrešna kombinacija.

Davno nekad, sa nepunih devetnaest je gledala na svet drugačijim očima, pogledom nade. Verovala je da su loši dani iza nje. Verovala je da može postići sve što želi ako se potrudi. Tako su je učile knjige. Ubedile su je da ljubav rađa ljubav. U korenima joj je raslo uverenje da je čovek sam tvorac svoje sudbine, da dobija dobro ako želi dobro i daje dobro. Verovala je da čoveka ne može uvek pratiti zla kob, da iza kiše mora doći sunce. Verovala je. Slepo. Dugo. Sve dok se njena verovanja, jedno po jedno, nisu počela razbijati o sprudove stvarnosti. Nije dovoljno želeti, pokušavati. Život nekad igra na kvarno, pa dobru nameru pretvori u lošu ideju.

Sa nepunih devetnaest je verovala da će postati poznata slikarka. Krenula je širom otvorenih očiju, željnih znanja i uspeha u veliki grad. Položila je prijemni na Akademiji. Konkurencija je bila velika, ali ona je imala talenat. Bila je treća na rang-listi, a spremala se sama. Pevala je i poskakivala velika slikarka u njoj jer će se najzad naći na pravom mestu, među ljudima istih interesovanja, ljudima koji će joj dati putokaze za sve njene puteve i staze. No, ubrzo se njena radost pretvorila u očaj, pesma u suze. Roditelji nisu hteli ni da čuju za Akademiju. Ljutili su se što je otišla na prijemni bez njihovog odobrenja. Pretili su, ucenjivali. Nisu u umetnosti videli sigurnu budućnost koju su joj predodredili. Želeli su da studira nešto drugo, nešto konkretno. Slikarstvom se, po njihovom mišljenju, mogla baviti uvek i bez studija. Morala je izabrati ozbiljniji životni poziv. Pokušala je da se izbori, da ih ubedi, pridobije, ali su prvi i jedini put bili saglasni. Oni je neće školovati ako ih ne posluša. Šta je drugo mogla, nego da spakuje svoje želje i snove u kofer uspomena i da pronađe nešto što će ih sve zadovoljiti. Defektologija je došla slučajno. Listala je konkurse za upis na fakultete i ugledala je. Mogla je sebe da zamisli kao nekog ko pomaže deci sa teškoćama u razvoju. Delovalo joj je to humano. Nisu ni ovim izborom bili oduševljeni, ali su ga prihvatili. Nije pogrešila. Postala je dobar defektolog. Ispunjavao je posao, ali je i trošio nemilice. Retko je vadila svoj slikarski pribor iz onog kofera prošlosti. Kada je došao brak, kada su pristigla deca, potpuno ga je zaboravila. Vreme za slikanje bi ionako bilo pravi luksuz. I tako je prošao život, sa zaboravljenim, prašnjavim snovima u koferu želja.

Vlada Mlitavi joj je bio drug iz škole. Nikad nije osvojio nagradu ni na jednom konkursu. Ona ih je imala tone. Znala je ona još tada da on slika, ali se njegove slike nisu mogle porediti sa njenim. Nisu bili bliski, ali su povremeno razgovarali. O umetnosti, uglavnom. Nekako je stidljivo govorio o svom stvaralaštvu, kao da se plaši da ona slučajno ne pomisli da se on usuđuje da poredi svoja dela sa njenim. Godila joj je tada ta superiornost koju su joj svi, pa i on, pripisivali. Uzvisila se u njoj, postala previše gorda. Polagali su zajedno i prijemni. On je išao na pripremnu nastavu na fakultetu, no bio je daleko ispod crte. Zna da je pauzirao tu godinu. Tu su izgubili svaki kontakt. Ponovo se vrati na tekst. „Vlada Mitrović, akademski slikar." Definitivno nije odustao. A ona? Gde joj je ona gordost sada? Šta bi mu rekla da se sretnu? Uspešna je, ostvarena u svakom pogledu, ali je na slikanje davno zaboravila! Da li se može nazvati uspešnom i ostvarenom ako je iznverila sebe? Sama se sebi učini jadnom i slabašnom. Uz sve to je bila i bolesna, ozbiljno bolesna, primorana da se bori za goli život. Sliše se mutni potoci niz njeno lice.

Najdublje su rane koje ostavi bolna spoznaja da smo iznverili sebe, da smo daleko od onog što smo želeli da budemo, od onog što smo očekivali da ćemo postati. Mnogo su razornije od onih koje nam zada neumitni prst sudbine.

Začuše se ulazna vrata i ona brzim pokretima obrisa suze. Ustade, popravi odeću. Pokušava da lice razvuče, da mu da neki uobičajeni, neutralni izraz. Svetislav uđe. Pogleda je, nasmeši se, ali se brzo njegov osmeh pretvori u zabrinutost.

— Jesi li ti plakala? Šta se desilo?

Ona samo odrično klimnu glavom.

— Ana, molim te...

— Ništa se nije desilo, ne brini — pokušavala je da prizove bezbrižnost i uverljivost.

— Ne znam koji put, ali ponoviću opet. Nemoj me lagati. Vidim da si plakala, a oboje dobro znamo da ti ne bi smela ni da se uzrujavaš, još manje da padaš u depresiju. Hoćeš li mi reći razlog?

— Dobro. Plakala jesam. A razlog ti ne mogu reći jer ga ne znam ni sama. Eto, plakala sam tek tako — izgovarala je najuverljivije moguće, a zapravo je, i sama sebi zvučala glupavo u svojoj laži. Pokuša da zamisli kako bi on reagovao kada bi mu rekla prave razloge. Verovatno bi se samo nasmejao. Nije on smisao života posmatrao njenim očima nikada.

Spustio je svoje stvari na fotelju i prišao joj. Nežno je pomilovao po kratkoj, tek narasloj kosi, a zatim ruke spustio na njena ramena i zagrlio je. Ljubio joj je veđe. Ona prisloni glavu na njegove grudi. Duboko je udisala njegov miris.

— Zašto mi to radiš? Zašto? — pitao je, a njegove ruke su je sve čvršće stezale.

Po prvi put za sve godine provedene sa njim, Ana oseti da on pati, zaista pati. Pati zbog nje. Ova nova spoznaja joj bolno odjeknu u svesti. Trudila se sve vreme da ga učini srećnim, a donela je gomilu tuge i patnje u njegov život. I on se trudio, ali kao da su se svi njihovi pokušaji razbijali sudarajući se međusobno negde u nekom začaranom međuprostoru.

— Oprosti — izgovorila je jedva čujno.

On odvoji njenu glavu od svog tela, zari joj pogled duboko u oči. Bio je ozbiljan, strog.

— Nemoj, molim te.

Pustio je, okrenuo se i otišao. Tog dana su izbegavali jedno drugo, kao da su se plašili da će ponovo pokrenuti ostavljenu temu. Tek ih je nadolazeće veče spojilo.

Ležao je u spavaćoj sobi. Ana je ušla tiho, skoro bojažljivo.

— Hoćeš li da se prošetamo?

Pogledao je nemo. Bilo je tragova prekora u tom pogledu, no ona se pravila da ih ne primećuje. Bilo je i tragova nekog čudnog bola. Od njih je zadrhtala.

Klimnuo je potvrdno glavom.

Hodali su lagano, smireno dok je oko njih zujao, klicao, jurio život velegrada. Oboje su gledali ispred sebe. Njihovi pogledi su vođeni upregnutim mislima. Izgledali su kao dve neme prilike zalutale iz nekog drugog vremena, iz nekog drugog sveta, bačene neočekivano u srce uvek budnog i živog velegrada. Bujalo je šarenilo ljudi, boja, zvukova oko njih, ali oni kao da ih nisu primećivali. Njegova ruka se iz nekog čudesno sporog leta spusti na njenu i polako je uhvati. I pogledi im se susretoše. Dosta je tuge i bola bilo i u jednom i u drugom. Nisu tako zamišljali svoje živote. Gde su grešili?

Ona se naglo zaustavi. Okrete se ka Svetislavu, unese mu se u lice i zasmeja se glasno, jako.

— Hoćeš li da se ljubimo? Hajde da se ljubimo, pa da trčimo ulicom, kao da smo srednjoškolci! Hajde da se smejemo, Svetislave! Hajde da se smejemo ljudima!

Njeno telo se izvijalo kao da se sprema za neku od ovih akcija. On je gledao zaprepašćeno, izgubljeno pokušavajući da shvati šta se dešava. Žena kraj njega kao da nije bila njegova.

— Ana, Ana, molim te... — bio je panično ozbiljan.

— Ne brini, neću — i njen glas postade miran.

Razbi se njena iznenadna i iznenađujuća energija u sitne komadiće razočaranja.

Nemo nastaviše da koračaju kao da se ništa i nije dogodilo. U jednom trenutku u njoj se skupi neočekivana potreba da kaže ono što joj je čitav dan okupiralo misli, ono što je čitav dan prerastalo u odluku. Zastade i pogleda ga mirno.

— Svetislave, ja sam razmišljala. Volela bih da ponovo počnem da slikam.

On je pogleda i zasmeja se iznenađeno.

— Da slikaš? A ja mislio... Pa počni, to je bar lako!

Ana je slikala povremeno kad su se upoznali. Nije se puno razumeo u umetnost, ali nisu mu njene slike izgledale loše. Pričala je tada dosta o tome, ali je to vremenom prestalo. Nije to ni tada, kao ni sada shvatao ozbiljno. Nekada su žene plele, heklale, vezle, a danas se bave umetnošću. Verovatno imaju iskonsku potrebu da zaposle ruke i misli.

Anu je zagolicao njegov brzi odgovor i njegov olakšavajući smeh. Da li je to njemu bila detinjasta i smešna njena odluka da se vrati nečemu što je nekada smatrala suštinom svoga bića?

— Razmišljala sam i shvatila da je to ono što mi zaista nedostaje sve ove godine. Eto, zato sam plakala danas!

— Pa ti nisi slikala poslednjih... ihaj godina! Počni! Rekli smo da je sada najbitnije da radiš stvari koje te opuštaju, koje te čine srećnom! Jako je bitno da budeš smirena, opuštena i dobro raspoložena, Ana! — glas mu je lagano dobijao prekorni ton.

Nije želela da njihov razgovor ide u tom pravcu.

— Svetislave... A šta misliš da sada svratimo da kupimo pribor?

Nasmejao se glasno. Ponekad je njegova žena bila pravo dete. Ponekad ga je ta njena osobina nervirala, ali je bila i jedan od razloga zašto ju je toliko voleo. Privlačilo ga je to detinjasto, pomalo luckasto i blesavo u njoj. Naravno, nikad to nije pokazao. Naprotiv, kritikovao ju je oštro i strogo, a onda bi se svaka pora na njemu uzbudila dok bi je posmatrao kako dobija izgled izgrđenog devojčurka.

— Daj, Ana, molim te! Sve bi ti odmah! Sačekaj, ima vremena! Sad ti je palo na pamet da slikaš, odmah bi sve pokupovala, a sutra na to, možda, nećeš ni pomišljati! Polako! Strpi se malo! Što mora sve istog momenta!

Njene usne su se nezadovoljno napućile. U očima su se lagano gasile one zvezde nadahnuća i nade.

— Molim te, Svetislave, ja bih sad! — pokušala je još jednom.

— Znam da bi ti sve odmah, čim ti padne na pamet! Hajde da sačekamo da vidimo da li ćeš to i sutra želeti!

— Hoću, Svetislave, želeću! Sigurno! Videćeš! — dobijala je sve pekmezastiji izgled.

Nije mogao da izdrži. Približio je svoju glavu njenoj i ugrizao je blago za uho. Osetila je njegovo otežano disanje.

— A hoćeš li onda biti dobra devojčica?

Iznenađeno se trgla, no bilo je prekasno. Njegove usne su već bile na njenim. Vrtlog njegove strasti je povlačio i nju. Ljubili su se kao prvi put, nasred ulice, okruženi masom stranog, šarenolikog sveta. Nisu bili svesni ni vremena, ni prostora. Svetislav, čovek koji nikad ništa nepromišljeno i ludo nije uradio, poželeo je svoju ženu ovde i sada. Nije mu bilo bitno ni što je usred grada. Možda mu je to samo dodatno uzburkalo strast. Vukao je on, ne puštajući njene usne, ka najbližem ćošku, ali Ana se u poslednjem momentu otrgnula. Pogledala ga je poluprekorno, polunasmejano i rukom popravila svoju kratku kosu. Šeretski se nasmejala.

— Znači, dobiću svoj pribor.

I on se nasmejao. Nije mogao da je odbije. Nije ni želeo. Prijalo mu je da joj čini, da mu bude zahvalna.

Te večeri su se kasno vratili u svoj stan na devetom spratu solitera. Jedva su doneli sve što su kupili. Ana je bila nestrpljiva da sve raspakuje. Bilo je u njoj one radosti deteta pred ogromnim novogodišnjim poklonima upakovanim u sjajne papire. Svaki je njen pokret isijavao iščekivanjem i ushićenjem. Nije znala šta pre da dohvati. Svetislav je uživao posmatrajući je. Bila je neverovatno, vrtoglavo lepa, tako zanesena, srećna, ushićena. Nije mogao da se seti kada je poslednji put tako izgledala. Vadila je četkice, boje, platna. Posmatrala ih sa čudesnim sjajem u očima. Prišao joj je polako, otpozadi. Nije ga ni primetila. Njegove usne su krenule da šaraju po njenom vratu, prsti su nestrpljivo otkopčavali dugmiće na haljini. Vrpoljila se pokušavajući da ga strese sa sebe. To ga je još više privuklo. Okrenuo je ka sebi. Grubo je šakama povukao haljinu. Oštar zvuk tkanine koja je pucala je ispunio sobu. Disao je sve teže. Nije se opirala. Šakama je stisnula njegovo lice, gledala ga duboko. Otrgao se i pomahnitalo pokidao sve što je bilo na njoj. Uzimao je celu u trenutku. Ruke su grabile delove njenog tela, kao da žele da ih otmu od vremena, od mesta. Nepromišljeno jedna zaluta do desne dojke. On se trže, zastade. Pogleda je ranjeno. Bol njegovog pogleda ubi ženu u njoj. Nestade magija trenutka kao da je nikada nije ni bilo. Ona pokuša da se izvije ispod njega. Pritiskao ju je. Bio je težak. Želela je da se oslobodi te težine. Ostajala je bez vazduha. On pokuša da nastavi, polako i nežno, ali ona je svaki njegov dodir doživljavala kao ubod u ranu. Odgurnu ga i pridiže se. Oseti se strašno ogoljenom i jadnom u toj ogoljenosti. Dah joj je zastao negde u dušniku, poput velikog komada jabuke. On pokuša da je blago zagrli, da je vrati, ali ona ustade. Prikri se pocepanom haljinom i ode u kupatilo. Ostao je da leži na podu raširenih ruku, zureći u plafon. Ona je stajala ispred ogledala ne ispuštajući komade haljine i gledala svoj iskrivljeni lik u ogledalu. Nemi jecaj joj je u potpunosti deformisao lice. Ko je uopšte bila? Žena? Ne više.

10

Stvarala je Ana narednih dana neumorno. Živela je za te trenutke. Zapostavila je sve ostalo. Njen život je bio samo tu, ispred velikog stalka na kom se širilo platno. Kada je prvi put razlila boje, shvatila je da je bezbroj slika nosila u sebi sve ove godine. Čekale su u njoj trenutak da se rode. Sećala se boja, senki, obrisa stvari iz različitih perioda svog života. Nije ni primetila da je sve vreme svet posmatrala očima slikara. Zanosila je lakoća sa kojom su se rađala dela. Prosto su izvirala iz nje. Svaki mišić joj je bio napet dok je radila. Nisu joj boje davale mira ni dok se odmarala. Slivale su se u njenoj glavi, sklapale u oblike, rovarile po njenoj svesti, sebično je terale da se vrati platnu. Bila je kao zatočenik pušten na slobodu. Nije znala na koju bi stranu. Počinjala je jednu sliku, a druga bi već izvirala iz nje. I svaki novi potez bi u njoj budio ushićenje. Radovala se — zar je moguće da se svi ovi svetovi u njoj kriju! Nije bilo trenutaka stvaralačke krize. Jednostavno je bila svesna vrednosti svojih slika. Nije joj bila potrebna tuđa procena. Takva je, uostalom, bila Ana oduvek. I u svemu. Znala je tačno koliko vredi. Nisu joj bili potrebni komplimenti da je uzdignu. Nisu ogovaranja mogla da je potkopaju. Sama je sebe mogla da sagori ili da se, poput feniksa, izvije iz pepela.

Što se više budila uspavana slikarka u njoj, to su joj postajali nebitniji svi drugi predeli života. Udaljila se ona od Svetislava, počela manje vremena da provodi sa Ojom. A tek ostali ljudi, oni su bili samo slučajno okrznuti njenim danom.

Svetislav je primetio šta se dešava sa njegovom suprugom, ali nije reagovao. Želeo je da bude srećna, ali ova njena sreća ju je u potpunosti odvojila od njega. Postajalo mu je zamorno da je svakodnevno gleda kako stoji ispred platna. Nedostajao mu je njen glas koji se sve ređe pojavljivao. Zatrpavala ga je gomila boja. Nerviralo ga je što više nije htela ni da izlazi. Sve sem slikanja je doživljavala kao gubljenje vremena, a njemu se činilo da ona gubi njihovo vreme razmazujući boje po platnu. No, ćutao je on i puštao je. Sad mu je bilo najbitnije da se ona oporavi i da što lakše prođe kroz petogodišnji period oporavka za koji je doktor rekao da može biti jako težak. Koliko god se trudio, nije uspevao da prati njeno ushićenje novonastalim slikama. Osećao se nekako suvišnim u njemu. Osećao se izgnanim.

Nije mu više dopuštala ni da joj se približi. Nedostajala mu je, ali se i plašio zbližavanja. Iako nikada to ne bi priznao, bio je zbunjen. Posle njene operacije je jednostavno više nije doživljavao na isti način. Zaboravljao bi to u naletu strasti, ali je uvek nailazio zlokobni tren koji je pretvarao strast u strah, želju u bol. Ona je to osećala. Ana je, uostalom, oduvek bila sunđer za osećanja. Ništa nije promicalo njenim izoštrenim čulima. To ga je ranije i zabavljalo i plašilo istovremeno. Od nje se ni emocija u naznakama nigde nije mogla skriti, a kraj njega su mogla da lete osećanja drugih ljudi, da udaraju u njega, da viču, on ih nije primećivao.

Nije ni sada primetio Svetislav Jovanović da udaljavanje i zatvaranje njegove supruge vodi njihove živote u novom smeru. Da je primetio možda bi nešto drugačije učinio, možda bi je sprečio da razruši njihovu malu kutijicu svemira.

11

Vrednost slika koje je stvarala za Anu je bila očigledna. Slikanje ju je ispunjavalo i to joj je bilo sasvim dovoljno. Radila je nešto samo za sebe, možda po prvi put u životu. Upravo ta činjenica joj je davala dodatnu motivaciju, ulivala neslućenu energiju i potrebu za radom. Njene slike su glasno razgovarale sa svim onim potisnutim i skrivenim delovima njene duše koji su se nakon ovih razgovora razgolićavali i postajali neprepoznatljivo bezazleni i bezbolni. Kao iz guste magle pred nju je povremeno iskakalo pitanje zašto se ranije nije vratila slikanju, zašto je dopustila da vreme i život prekriju neprozirnim koprenama njenu sopstvenu suštinu. Razloga je bilo more, ali su se svi, pre ili kasnije, pretvarali u izlizana i izanđala opravdanja. Bezvredna opravdanja. Trudila se da ne misli o tome. Bila je kriva i ništa je nije moglo opravdati. Predala se, nekada davno, predala, a da ni mač nije izvukla iz korica.

Oja je povremeno dolazila i sedela u uglu sobe. Posmatrala je svoju prijateljicu kako stvara. Nekad bi i komentarisala motive na slikama. Ana je cenila njeno mišljenje. Znala je da joj prijateljica neće mazati oči silnim, a neosnovanim komplimentima, da će biti oštra i kritična, ali dobronamerna. I dodatno se potvrdilo da je niko ne razume više i bolje od Oje. Ona je, za razliku od Svetislava, shvatala koliko joj znače četkica, boje i platno.

Jednoga dana, sedeći tako u uglu, Oja joj predloži nešto neočekivano, nešto o čemu do tada nisu razgovarale.

— A šta misliš da pronađemo neki likovni konkurs pa da pošaljemo tvoje slike?

Ana zastade. Spusti četkicu kraj platna. Pogleda Oju i uplašeno i ushićeno u isto vreme.

— Daj, Oja!!!

— Ne, ozbiljno mislim... Sigurna sam da postoji gomila konkursa...

— Da, ali na njima verovatno učestvuju pravi slikari, školovani, afirmisani...

— Ništa nas ne košta da pokušamo! Hajde da vidimo!

— Ne znam... nisam ja za to... kako ću podneti ako neki tamo likovni kritičar krene da pljuje po mome delu... Šta ako se neko nasmeje što sam se uopšte ja, Ana Jovanović, usudila da pošaljem sliku... Ne znam kako bih reagovala na neuspeh!

— Alo, govori li to moja drugarica Ana, ona koja je uvek izlazila na sve megdane visoko uzdignute glave, ona koja se nije ustručavala da pokaže svima da je pretplaćena na pobede u svemu što radi?

Ana se nasmeja.

— Ovo je drugačije, Oja! Doživljavam slikanje kao suštinu svoga bića...

— Pa baš zato!

— Ne, ne shvataš! Baš zato ne znam smem li da se kockam sa tim! Prevelik je ulog! Ukoliko izgubim, znači da nemam suštinu, znači da nemam ništa, da sam samo jedna bolesna žena bez svrhe postojanja, žena koja može biti samo teret drugima. Previše volim i cenim sebe da bih to dopustila. Imam vrednost. Verujem u svoju vrednost. To mi je za sada sasvim dovoljno. Šta ako se drugi ustreme da mi pokažu da sam u krivu? Kako ću onda živeti?

— Kakva se to kukavica krije u tebi? Nismo li oduvek verovale da se moramo boriti i pokazati svetu svoju vrednost? Kako se možeš boriti ako ne izađeš i ne pokažeš svoje ja? Pa šta i ako doživiš neuspeh?

Tvoje slike će uvek ostati tvoje, ti ćeš ih i dalje gledati istim očima, tebi će i dalje značiti isto. Da sam ja nekada tako razmišljala još bih bila u braku koji bi me uništio i ugušio. Iako je ceo svet mislio i govorio da je brak svetinja, da sam sebična, da treba da trpim radi deteta, znala sam da radim pravu stvar i za dete, i za sebe. Znala sam zašto se odlučujem za samostalni život. I nisam se pokajala.

— U pravu si, ali te dve stvari ne mogu da se porede.

— Naravno da nisu ni slične, ali mogu da se uporede. Obe imamo uverenja — ja da sam dobra samohrana majka, a ti da si dobra slikarka. Ja sam svoje oglasila u svetu i posle mnogo bura i oluja je prihvaćeno, a ti svoje skrivaš u ovoj sobi. Da sam učinila drugačije moj život i život mog deteta bi bili potpuno drugačiji. Lošiji i bolniji, sigurna sam. Hajde da postavimo stvari na drugačiji način. Šta ako bi ti doživela uspeh, ako bi neka tvoja slika dobila nagradu? Zar nije sebično i prema tebi i prema slikama da ih tako skromno držiš u tajnosti?

— Dobro, dobro, pobedila si. U pravu si! Ali, pazi, ako se u potpunosti razočaram i izgubim zbog toga želju za stvaranjem, znaćemo ko je odgovoran za to! E, onda se drži!

Oja podiže levu ruku. Njeno lice poprimi svečani izraz.

— Prihvatam svaku vrstu odgovornosti! — izgovori ravnim tonom, a zatim obe prsnuše u smeh.

Ležale su tog popodneva na velikom francuskom ležaju i kao deca piljile u laptop koji je svetleo ispred njih. Listale su konkurse. Bilo ih je dosta. Gledale su i one završene. Tražile su fotografije nagrađenih dela, a zatim ih poredile sa onim što je Ana slikala. Dosta njih je bilo i za neafirmisane slikare. Neki su bili uslovljeni i godinama, pa su takve odmah odbacivale. Zašuškale su u njihovim glavama snovi onih dveju devojčica, snovi koji su spavali čvrsto već par decenija, snovi koji su verovali da život satkan od dobrih vetrova, pastelnih boja i pesama čeka na njih raširenih krila, spreman da ih vine put nebeskih prostranstava. Ponovo su poželele da se igraju. Nešto im je delovalo zanimljivo, dosta toga su odmah odbacivale. Nije im se dopadalo što je većina konkursa bila tematski određena. Ana je slikala ono što je osećala, ono što je sazrevalo u njenoj duši. Često ni sama nije mogla da odredi odakle je to dolazilo. Slikanje na zadatu temu je podsetilo u prvom momentu na školu, a zatim na parodiju umetnosti. Umetnik u svom delu oslikava svet koji postoji, sam radi sebe i sam za sebe, nezavisno od ovog postojećeg. Svet umetnosti je oduvek doživljavala kao odjek realnosti kroz dušu umetnika. Naručena umetnička dela nisu imala u sebi onu iskonsku crtu prave umetnosti, jer nisu ocrtavala istinska osećanja svog stvaraoca. Čovek ne bira koga će da voli. Ljubav se desi ili se ne desi. Isto je tako i sa inspiracijom. Nije ona nešto čime bi se moglo trgovati, što bi moglo nastajati po narudžbini.

— E, hajde, dosta je za danas! — reče i uzdahnu. Pridiže se u polusedeći položaj.

— Č   ek, č. — Oja je i dalje paralisano posmatrala ekran.

— Zamorila sam se! Ne mogu više!

— Ali, stani, ovo je nešto skroz ludo! Dođi! — povuče je dole.

Usredsrediše svoje poglede na tekst ispisan neobičnim, nepravilnim slovima. „Udruženje umetnika artItIS organizuje umetničko nadmetanje u skokovima u srž."

— Šta je to? — upita Ana nestrpljivo.

— Čitaj, čitaj! — nije odustajala Oja.

Ana nevoljno mahnu glavom.

— Daj, Oja, molim te, ostavi se gluposti!

— Nije glupost! Ludo je skroz! Već nas vidim tamo! Takvo razmrdavanje nam i treba! E, slušaj, ja ću ti čitati, lenštino jedna dosadna! „Pozivaju se svi slobodoumni umetnici, bez obzira na vrstu umetnosti kojom se bave da izađu na crtu. Skakanje u srž će se održati u Klubu „Dar" 13. maja. Mole se svi zainteresovani da svoje prijave pošalju na našu e-mail adresu. Prijavom automatski dobijate petnaest minuta da predstavite svoje delo i da ubedite publiku u njegovu vrednost. Najubedljiviji dobijaju vredne nagrade koje odgovaraju vrsti umetnosti kojom se bave. Na skaknju u srž je dozvoljeno piti, pušiti i glasno navijati. Dođite i donesite svoja uzavrela shvatanja suštine umetnosti. Skočite sa nama u samu srž!"

— Ti si luda! To je za klince i za čudake, ne za nas!

— A ti si dosadna i stara! Za tebe je muzej! — ljutnu se Oja.

Ana dohvati najbliži plišani jastučić i tresnu prijateljicu po glavi.

— Muzej, kažeš! E, pa da vidimo za koga je muzej! Prijavljuj me!

— Stvarno hoćeš? — upita Oja sa dozom neverice na usnama spremnim za osmeh.

— Nego šta, nego hoću! — ispravi se Ana drčno.

Usklik zadovoljstva polete sa Ojinih usana i ispuni sobu. Poskoči i čvrsto zagrli prijateljicu.

— Znala sam! Znala! Biće nam super, videćeš!

Skakale su po ležaju dobacujući se onim jastukom i podvriskujući. Njihovu euforiju prekide naglo otvaranje vrata iza kojih se neodlučno pojavi Svetislavljevo ozbiljno lice. Gledao ih je zabezeknuto, nemo. One se zaustaviše u trenu, kao da njegov ulazak zaustavi vreme, kao da prekide svaki njihov pokret i svaki zvuk. Ličile su na devojčice uhvaćene u nekoj strogo zabranjenoj radnji. Ana se u jednom momentu glupavo nasmeši i mahnu mu rukom. I dalje ih je gledao ništa ne shvatajući.

— Šta se dešava? Šta to radite? — bio je to ton odrasle osobe koja se obraća deci.

— Svetislave, pa ti si već došao! — reče Ana zbunjeno, silazeći sa kreveta na kom je Oja i dalje stajala ukočeno.

— Već?! Pa, osam je prošlo!

— O! — ispusti ona nespretan krik, a zatim ga isto tako nespretno i detinjasto poljubi.

— Šta se dešava? — nije ga napuštala ozbiljnost.

— Ništa. Ništa posebno... — pokuša ona da zabašuri, a kad uvide da joj ne ide, nasmeja se široko. — Malo smo se igrale...

— Igrale?

— Da, igrale — reče, pa zaverenički pogleda u prijateljicu. — Znaš, Oja je mislila da pošaljem slike na neki konkurs, pa smo, tražeći konkurse naišle na nešto pomalo ludo i zabavno i eto, zanele smo se...

Gledao je čas u jednu, čas u drugu bledo. Rukom namesti naočare, sleže ramenima nezainteresovano i okrete se zatvarajući vrata za sobom. Dok se udaljavao do njega su dopirali odjeci prigušenog smeha iz sobe. Nisu mu se dopadali. Osećao je da im ne pripada, a to je izazivalo neku čudnu, prigušenu bol.

12

Veče se koketno kočoperilo gradom kupajući se u prigušenim svetlima i zvucima. Koračale su razigranim koracima zastajući pred šarenim izlozima okupanim neonima. Smejale su se svojim odrazima u njima. Oja je nosila glomazni, tanki paket, pa je svaki čas morala da zastaje ne bi li ga bolje uhvatila. Ana je par puta htela da ga preuzme, ali je njena prijateljica bila izričita u svojoj ulozi nosača.

— Oduvek se u našem narodu znalo da jedan kosi, a drugi mu vodu nosi! Nemoj da narušavaš vekovnu tradiciju!

— Pazi, vekovnu tradiciju! A ja mislila da ti to mene samo sažaljevaš! — šeretski izgovori Ana.

— Samo se ti izvlači na svoju bolest! Nego, baš šteta što Svetislav nije mogao da ide sa nama — uozbilji se Oja.

— Nije mogao!? Daj, Oja, zar ti stvarno misliš da bi on išao? Nemoj da si smešna! Sve i da krene, mada ne verujem da bi to učinio ni pod kakvim okolnostima, samo bi nam smetao. Ne bi mene taj pustio ni na binu da izađem!

— E. Sad si ga baš preterala! Nije on baš tako krut! Nego, nisam htela ranije da ti kažem, ali sad je već krajnje vreme... — zastala je i podozrivo pogledala prijateljicu.

— Šta?

Oji je paket klizio iz ruku, pa je zastala nespretno ga obuhvatajući.

— Govori! Šta mi nisi rekla? Oja?! — Ana je postajala nestrpljiva.

— Polako, ženo! Vidiš da se mučim sa ovom tvojom skalamerijom!

— Oja!

— Evo, evo! Znaš, tamo nećemo biti same! Pozvala sam i društvo!

— Društvo! — Ana je postajala izbezumljena. — Kakvo društvo? Jesi li ti luda?!

— Hajde, za početak, opusti se! Odabrano društvo. Naše društvo. Ne paniči.

— Ubiću te! Kako si samo mogla. Koga si pozvala? — stajala je ispred prijateljice i gledala je optužujućim pogledom.

Oja je gurnu lagano.

— Polazi! Šta stojiš?! Još ćemo i zakasniti!

— Nisi mi rekla koga si pozvala! — bila je uporna Ana.

— Drugare! Prave za ovakav provod. Videćeš, imaćeš najbolju moguću publiku.

Ana krenu iako je sa njenog lica sevalo negodovanje. Neko vreme su koračale bez reči dok se ispred njih širio grad u nekoj posebno svečanoj atmosferi.

— Tananana! Evo nas! — veselo uzviknu Oja.

Našle su se ispred stare, pomalo oronule zgrade. Nekada je to bilo zavidno zdanje u samom srcu velegrada. O tome su svedočile, sada već izlizane, umetničke bravure na fasadi koja se lagano krunila. Bez obzira na ovu zapuštenost, zgrada je sačuvala neko svoje gospodsko dostojanstvo i neku samo svoju tajanstvenost. Na platou ispred samog ulaza se tiskala gomila šarolikog sveta, od studenata uljuljkanih u svoju kreativnu mladost koja je vrcala iz svakog njihovog zamaha, do starijih muškaraca, skrivenih iza gustih, dugih brada i razbarušenih kosa.

Ana zastade neodlučno. U njoj poče da buja želja da pobegne. Oja to oseti i slobodnom rukom je blago gurnu napred. Ljudi, grupisani u raznolike gomilice, ustuknuše, praveći im prolaz. Ana je stidljivo, ispod oka pratila njihove znatiželjne poglede pokušavajući da im dokuči misli. Ne, nisu ih posmatrali podsmešljivo. Možda je bilo malo čuđenja u njihovim pogledima, ali nije se mogla nazreti ni trunka negativnih emocija.

Bile su zaista nalik na retke ptice u ovom okruženju. I jedna i druga upadljivo našminkane, na visokim potpeticama, obučene kao da su pobegle sa neke modne revije, jednostavno se nisu uklapale u opuštenu gomilu onih koji su očigledno prkosili svim normama društva, ali su njihovi razliveni osmesi i pogledi, iskričavi od radoznalosti i iščekivanja, govorili da su spremne za ludu zabavu i da će već naći način da se uklope.

Zastadoše negde na sredini gomile. Oja se žustro okrete par puta kao da traži nekog ili nešto.

— Ne vidim ih! Moraću da pozovem! — izgovori žustro, spuštajući sliku zavijenu u tanki, beli papir ispred sebe.

Ana je pogleda znatiželjno.

— Još uvek nećeš da kažeš koga si to pozvala?

Oja joj se samo blago nasmeši vadeći telefon iz svoje torbe. U tom trenutku poskočiše i jedna i druga od iznenadnog trzaja. Nisu uspele ni da uhvate dah, a iza njih se razli otegnuti dah i kikotavi smeh.

— Pa, gde ste vi, devojke? Jao, što ste mi lepe!

Marija, njihova prijateljica sa fakulteta, poče da ih srdačno ljubi, ne skidajući ruke sa njihovih kukova. Iza nje se razli višeglasno „eee, vidi ih", i sa svih strana počeše da izleću glave njihovih prijatelja. Ana je bila u šoku. Skoro svi su bili tu, skoro... Oja se nije šalila. Samo odakle joj ideja da pozove sve ove ljude?

— E, devojke, poneli smo i pivo!

— U jeeeee!

— Svi ćemo piti sem naše umetnice, ona mora ostati prisebna da se dobro predstavi!

— Ona ionako ne sme da pije, samo razmišljam da joj večeras, pošto je ovo posebno veče za nju, dozvolimo par gutljaja! Ali, isključivo pod našom kontrolom! — vikala je Oja dok se negde tamo pozdravljala sa nekim.

Ana se oseti opušteno i prijatno. Nakon operacije je izbegavala susrete sa starim prijateljima, pa i sa poznanicima. Nije želela da je sažaljivo zagledaju, nije želela da krajičkom oka promatraju intenzitet njene bolesti, tok njenog oporavka, ali sada je niko nije čak ni pitao kako je. Pohvalili su njen izgled, mada joj ni to nije bilo potrebno jer se i sama osećala lepom. Obrve i trepavice su joj ponovo narasle, kosa je bila poprilično kratka, ali je frizerka uspela da joj napravi lepu, modernu i upadljivu frizuru. Nestašni pramenčići su veličanstveno uokvirivali njeno, sad već ponovo popunjeno, lice.

Teška drvena vrata se rastvoriše i gomila pohrli unutra. Pohrliše i one nošene euforijom gomile. Tiskale su se velikim mermernim predvorjem da bi na kraju dospele u prostranu dvoranu. Prigušeno svetlo je obasjavalo redove izlizanih, crvenih sedišta ispred kojih se nalazila izdignuta bina. Žamor, i pokoji vrisak su ispunjavali prostor. Osetila je da joj srce čudno poigrava. Nije bila sigurna da je spremna na ovo.

Smestiše se negde na sredini prostorije. Celo društvo je plivalo u veselom raspoloženju. Smejali su se, prisećali se studentskog života i anegdota koje su ga obeležile. Smejala se i ona, ali joj je krajičak usana blago podrhtavao. Oja je šetala od jednog do drugog poigravajući, ali je tanki mlaz njenog pogleda neprestano bio prilepljen za Anu. I ona je to osećala. I ona je bila mirnija zahvaljujući njemu.

Miris alkohola i duvanskog dima je ispunio prostoriju. Do nje je stajala Marija i razvezano se smejala iskarikiranim ljubavnim dogodovštinama jednog njihovog druga. Najednom se njen smeh zaustavi.

— Hej, je li ono... onaj, kako se zvaše? Čekaj! — pogleda zbunjeno u Anu. — Zar nisi ti... zar niste vi...

Anin pogled krenu za njenim i zaledi se u masi koja se rasprsnu u milion nevidljivih komadića. Par redova ispred je bilo njegovo lice, par redova ispred je bilo njegovo telo, par redova ispred su se smejale njegove oči dok je nešto pričao, par redova ispred je njegova ruka bila prebačena preko nekog ramena, ženskog ramena, tuđeg ramena. Zamuti joj se u glavi. Izmešaše se njegove oči, bliske i daleke, izmeša se njegova kosa, meka i neuhvatljiva sa oblakom dima i alkohola. Oseti da joj nestaje daha. Marija je kraj nje nešto čavrljala sa Sašom. I njihovi glasovi počeše da se gube u mešini. Tu, ispred nje je bio on, nakon... nakon mnogo vremena. Gledala ga je sleđeno. On se okrenu, pogleda slučajno u njihovom pravcu. Učini joj se da im se oči susretoše, dodirnuše, ali već sledećeg trenutka taj se dodir izgubi.

Oja joj pritrča.

— Da li ti je dobro? Nešto si ubledela!

— Oja...

— Šššš... počinje!

Na binu izađe voditelj. Nešto je pričao. Gomila se smejala. Mora se uključiti, mora! Možda i nije on, možda joj se samo učinilo. Mora zaboraviti da joj se učinilo. Glasno odobravanje razularene gomile. Neki uzvici. Na scenu prvi izađe neki stari roker. Gitarista. Svirao je, a masa se tiskala u ritmu koji joj je on zadavao. Aplauz. Uzvici. Kratkotrajna, iščekujuća tišina. Salom se razleže dubok, razoran, patetični glas devojke koja je na bini stajala poput monahinje: „I sanjam tebe, Lazare kneže, sanjam tvoju sumnju i kletvu!” Izmešani uzvici. Ojino šaputanje: „O čemu ova? Sanja Lazara! Idi, dete, sanjaj nekog mlađeg!” Ojin smeh. „Nije palo srpsko pleme, nije, i danas se barjak vije!” Aplauz, gromoglasno skandiranje: „Kosovo! Srbija!” I ponovo muzika. Mladi bubnjar izvodi svoj performans. Masa je hipnotisana. Giba se, uzvikuje. Bubnjar baca palice u masu. Devojke vrište. Tajac. Mlada pesnikinja peva mladosti. I Evropi. Hoće u njoj da provede svoju mladost. Nakon nje, snuždeni mladić donosi stolicu na scenu. Seda na nju. Publika iščekuje. Mladić pruža ruke ka publici.

Evo ti srce na šaci,
Uzmi ga, greota je da se baci,
I sve što imam dajem tebi,
Evo ti duša, evo ti telo, evo ti pa se jebi!
A bili smo kao jedno

Bez onoga: „moje", „tvoje"
Ovaj život beše surov,
Sekirom nas rastavi na dvoje.
Zašto me, ženo, urnisa skroz?
Nema mi druge,
Nego da legnem nasred pruge,
I kažem sreći: „Prošô voz".

Gromoglasan aplauz. Mladićevo snužzeno lice postaje obasjano širokim osmehom. Blistaju se njegovi zubi pod prigušenim svetlom. Povici sa svih strana.

— Još malo, pa dolazi tvoj voz! — začu šaputanje na levom uhu.

Uhvati čvrsto Oju za ruku. Ova se trže i upitno je pogleda.

— Neću, Oja! Nije ovo za mene!

— Daj, Ana, hajde! Šta te košta? Vidiš da se svi zezaju?

— Neću. Ne mogu! Stvarno!

— Možeš, možeš! — navali ova na nju gurajući je.

Ana se okrenu, ponovo je čvrsto stisnu za mišicu.

— Ne mogu! Ne šalim se. A videla sam i njega.

Oja je upitno pogleda.

— Koga?

— Njega. Voldemora. Tu, ispred.

Oja se zabezeknuto okrenu oko sebe. Masa utopljena u naslagama dima i raznolikih isparenja.

— Gde si ga videla? Nemoguće!

— Jesam. Bio je tu, ispred. I Marija ga je videla.

Oja je iznevereno pogleda.

— Pa? I da jeste tu, kakve to veze ima? Došle smo…

— Pa i nema veze! — Anin glas postade i uvređen i prkosan u isto vreme. — A da izađem tamo, stvarno ne mogu! Nije ovo za mene! Možda mogu poslati slike na neki konkurs, možda ih mogu ponuditi nekoj galeriji, ali ovo stvarno ne mogu. Izvini.

Prijateljica je pomirljivo pogleda, pa je nežno zagrli.

— Dobro, ako si tako odlučila — blago lice joj u trenu postade zahtevno — ali samo ako mi obećaš da ćemo nastaviti da se zezamo sad!

Ana joj se nasmeši. Pade joj neobičan teret sa grudi. Iz njenih usana se izli jedno dugačko, glasno „aaaaa", kucnuše se limenkama piva i predadoše se vođenju gomile.

Zabava je poprilično potrajala. Ismejale su se, izigrale, izvikale. Dok su se tiskajući gurale ka izlazu Anin pogled je unezvereno šarao masom, pokušavajući da je razgrne, da je razloži na sitne komade očiju, ruku, pogleda i da među njima pronađe onaj skriveni, onaj pravi. Ali, masa je ostala bezlična i celovita.

Poskakivale su sanjivim, polupustim ulicama velegrada. Oja je i dalje vukla sliku umotanu u beli papir.

— Znaš, sad bih baš i ja mogla da je ponesem! — kao da se priseti Ana.

— Da znaš! Dosta sam ti ja bila tovarni magarac! — pruži joj Oja kroz smeh platno.

Njihove potpetice su pravile iskričavu simfoniju po trotoaru.

— Bilo mi je lepo bez obzira... Hvala ti, Ojice i izvini!

— Ma, šta izvini! Išle smo, videle, provele se! Nije za tebe? Nije! OK. Naći ćemo mi već nešto što ti odgovara! — zastala je na trenutak. — Znaš, ipak, mislim da ti se učinilo! Nije to bio on. Šta bi on radio tamo? Nema šanse!

— Šš! — prekide je Ana. — Verovatno mi se učinilo! Što je babi milo, to joj se i snilo!

Obe se nasmejaše. U daljini se začu „Milica jedna u majke". Prepoznaše pijani glas svog druga Saše i prasnuše u smeh. Na njega je ovo veče delovalo inspirativno.

13

— Dođi da vidiš! Svetislave! — razlio se njen razigrani glas kroz njihov stan.

Čitao je dnevne novine udobno smešten u svoju fotelju. Neće valjda opet morati da gleda nešto što uopšte ne razume i što ga uopšte ne zanima!

— Svetislave! — nije odustajala.

Spusti novine na sto i ustade lenjo. Nezainteresovanim korakom krenu ka sobi koja je nekada bila Mijina, a sada je Ana pretvorila u svoj prostor za slikanje.

— Dođi, Svetislave! — bila je, očigledno, veoma nestrpljiva.

Otvori vrata uzdahnuvši. Ana je stajala kraj svoga platna, nasmejana, zvonka.

— Tananana! — zacvrkuta, poklanjajući se pred njim. Kako je samo detinjasto izgledala!

Ozbiljnim pogledom osmotri platno. Portret. Neka žena kratke kose, neobično žilavih crta lica. Nešto mu je u njenom liku bilo poznato, ali nije znao odakle.

— Kaži! Da li ti se sviđa?

Klimnuo je glavom potvrdno. Ana je stajala pred njim uzavrela od osećanja stvaranja, od osećanja rađanja svog dela. Njegovo hladno klimanje glavom zacvrča u dodiru sa njenim žarom. Praskanje, cvrčanje i prštanje koje izazva taj sudar ispuniše čitavu sobu.

— Samo toliko? — upita ona splasnuto, jedva čujno.

Preseče je njegov strogi pogled.

— Lepa je — ni ton mu nije bio blaži. — Ko je ta žena?

Ona ga pogleda iznenađeno.

— Ne prepoznaješ je? — gledala ga je sa nevericom. — Dušanka.

Poznato mu zazvuča sklop glasova u imenu. Nabra čelo pokušavajući da se seti ko bi to mogao biti.

— Dušanka? — ponovi polako, upitno.

— Zar se ne sećaš?! Žena koja je bila sa mnom u sobi, ona što je umrla...

Kroz glavu mu prolete slika te žene, a zatim Anina čudna drama zbog vesti o njenoj smrti. Danima je bolovala, kao da je izgubila nekog svoga. Sad još i ova slika! Od svega na ovom svetu, ona je izabrala da naslika ženu sa kojom je u bolnici provela par dana, ženu koja ničim nije privlačila pažnju na sebe.

Nije znao šta da kaže. Stajao je i bezglasno zurio u sliku. Nju je saseklo njegovo ćutanje. Besno je uzela veliki beli čaršav i bacila ga preko slike.

— Ana! Šta ti je?! — nije voleo ovakve reakcije.

— U redu je, Svetislave! U redu je! — uzavreli bes je kipeo iz nje. Ko bi rekao da ga Ana ima?

Uhvatio ju je za nadlakticu i blago zatresao. Pokušao je da pogledom dopre do nje, ali sve kapije su bile zatvorene pod tamnim, debelim slojem nekog njemu neprepoznatljivog bola. Otrgla se i izletela iz sobe. Za njom je ostao samo odjek zalupljenih vrata.

Dugo je nije bilo. Stan je ispunjavao miris njene ljutnje. Svetislavu nije bilo jasno gde je to pogrešio ovoga puta. Nije nameravao ni da troši svoje vreme na preispitivanje jedne tako glupe, banalne situacije. Znao je da će se Ana vratiti kad joj se umire bubice u glavi. Nadao se da će izgledati pokajnički. Tako bi ova svađa brže odgalopirala u zaborav.

I vratila se, samo ne tako brzo kao što je on očekivao. I nije izgledala nimalo pokajnički. Nije uopšte ličila na sebe. Neki novi izraz joj je gospodario licem. Ćutala je. I on je ćutao. Izgubio se njihov dan u tom ćutanju. A za njim su krenuli da se gube i naredni dani, jedan po jedan. Tonuli su u prazninu, kao u živi pesak. Patila je Ana. Patio je i Svetislav. Nigde nije bilo snažne ruke koja bi ih iščupala iz sopstvenog mulja. Pretvorili su se u dve senke koje se slučajno susreću na istom delu životnog platna. Jedna je stajala i slikala. Lutala je dalekim neistraženim prostranstvima boja i oblika. Druga nije znala ništa o tim predelima, ležala je i nemo patila što život nije više onakav kakav je bio, onakav kakav treba da bude. Nisu se dodirivale ove senke. Nisu se preklapale. Što je vreme više prolazilo praznina je bivala sve veća, sve dublja. Pretvarala se u provaliju ispunjenu bolom. Nije bilo ni reči koje bi odjeknule po toj provaliji. Skamenile su se na liticama. A unutar nje su se komešale uzavrele emocije, skupljane, skrivane, potiskivane dugi niz godina. Bilo je teško živeti na tim liticama. Bez obzira na stranu.

14

Ani su danima odjekivale Dušankine reči praveći čudne rezove u mislima. O čemu god da je razmišljala, šta god da je radila, pojavljivao bi se pred njenim očima nasmejani, živahni lik ove žene. Govorila je nepromenjenim tonom. Uvek isto. Vratiće se u rodno selo. Tamo će se oporaviti, samo da popije jednu čašicu rakije. Onako u dvorištu. I da doručkuje tako, napolju. Domaću hranu. Jadna žena nije uspela da ostvari ovu svoju skromnu želju. Preteklo je vreme. Nije mogla da se seti da li je Dušanka pomenula koje je to selo, gde se nalazi. Nije to ni bilo bitno. Rodni kraj je rodni, ma gde da se nalazimo. Koreni nas vuku ka njemu, ma koliko daleko odemo. Ima nečeg u tome, mestu porekla. Ana je rođena u malom gradu, nedaleko od velegrada. Tamo je provela detinjstvo i mladost, a zatim je došla na studije i nikada se nije vratila. Čudno, prva pomisao na rodni kraj joj nije išla ka njemu, nego ka malom selu u Bosni, selu iz kog je poticao njen otac. Provodila je tamo letnje i zimske raspuste. Deda, baka, stric, svi su je voleli. Imala je i puno drugara tamo. I potpunu slobodu. Tamo su dani bili šareni nizovi malih avantura. Svakodnevno su smišljali nove poduhvate. Kupali su se na obližnjoj rečici. Nisu im davali da idu sami na Krivaju jer je bila brza i hirovita. Kako su divne i bezbrižne bile te godine ranog detinjstva! Bar ovi periodi provedeni u Bosni...

Kao i sve u životu, brzo su prošle. Nastavila je da odlazi tamo i u pubertetu, samo su joj se interesovanja promenila. I društvo. Više je nisu zanimale avanture na rečici sa starim drugarima. Počela je da izlazi. Imala je jednu jako dobru drugaricu. Zvala se Branka. I ona je dolazila tokom raspusta tu, kod ujaka, koji je, igrom slučaja bio Anin kum, a živeo je u kući pored babine i dedine. Branka je bila nešto starija od nje. Nisu se razdvajale. Često su bile u centru pažnje jer nisu bile meštanke, a u malim sredinama posebnu pažnju izaziva ono što je novo i nepoznato, kao da svako ko dođe iz druge sredine donese sa sobom obrise nekog tajanstva, mirise nepoznatog prostranstva, ukus drugačijeg života. Svi bi se lepili za pridošlice ne bi li bar trunku te raznolikosti osetili i prilepili za sebe.

Sad su odlazile na kupanje na Krivaju. Ana se jedva izborila za to. Gunđali su ukućani, plašili se, ali ona nije odustala. Kao da je neka jeziva sudbinska sila vukla tamo. Svaki dan su menjale kupališta. Imale su jednu čudnu i smešnu igru. Takmičile su se koja će više muških pogleda i osmeha privući. Ona koja bi pobedila, častila bi to veče pićem. To ih je jako zabavljalo. Volele su i da flertuju. Bezazleno i blesavo. Birale su svakodnevno „tipove dana", svaka za sebe, ali i za onu drugu, a nakon toga su se detinjasto smejale pobednicima „izbora", smejale su se toliko da su im suze kretale od tog smeha.

Srce joj brže zakuca, dah joj zastade.

A onda... Šta je bilo onda? Naišao je dan kad je prekinuta lepršava linija detinjstva. Desio se dan kad je svet izgubio boje. Desio se dan kad je Mirjana izgubila prva slova svog imena. Nepovratno. Zauvek. Dan kad je spoznala sva lica bola. Nemoći. Jada. Stida.

Telom joj prostruja jeza i ona poče da se grči. Navreše joj i one neisplakane detinje suze na oči.

Zašto takvi dani dođu? Zašto ih neko ne zaustavi? Zašto ih neko ne uhvati u letu? Zašto im neko ne slomi krila, ne ošamuti ih bačenom kamenicom?

Retko je razmišljala o tom danu. Retko ga se sećala. Povremeno su izbijali njegovi obrisi kroz senke njenih snova. Šuškavci strašni, zli.

Potiskivala ih je, brisala žustro njihove naznake, naznake straha od života. Straha? Da, bilo je straha. Mračnog i neobjašnjivog.

Odjednom, nepozvana, javi se u njoj potreba da naslika taj strah, tu bol, da naslika svog dugogodišnjeg šuškavca. Kakvo bi lice imao? Lice nekog od onih momaka? Nije se sećala njihovih lica. Sećala se samo ruku, teških i jakih. Oznojenih. I dahtanja. Bučnog, neprekidnog dahtanja. I vremena se sećala, tromog i neumitnog koje je pretilo da nikad neće stati, vremena koje je pokazalo svoju surovu nadmoć iskeženim zubima. I sebe se sećala. Slabe i ranjene. Očajne. Nezaštićene. Bespomoćne. Uhvaćene u trenutku koji je gutao bespoštedno sve ono što je bila, sve ono što je trebalo da postane.

Četkica je sama klizila po platnu. Kapale su boje, sklapale se u oblike, u emocije. Bila je samo nemi posmatrač onoga što je ispred nje, pod njenom rukom nastajalo. Ni suza, ni drhtaja više nije bilo. Istekli su pod naletom boja. Sad im je ona bila gospodar. Sada je ona uhvatila vreme i zarobila ga u trenu. Zauvek će ga držati tu, zarobljenog na platnu. Neće je više povređivati. Gledaće ga svakodnevno i smejati mu se jer je ono sada bespomoćno, a ona mu ne dâ da pobegne.

15

— Znaš, nekada davno si pričao da ćeš me voleti čitavog života, da ćeš me čuvati od svega. Radovale su me tvoje reči. One su me vezale za tebe. Mislila sam da sam konačno pronašla nekoga ko me neće izneveriti, ko će uvek biti uz mene, na mojoj strani, nekoga ko će voleti i razumeti svaku moju ludost. Nije tako ispalo, Svetislave. Znam da ni ja nisam ono što si ti želeo da budem, da ti nisam pružila ono što si očekivao od mene. Tada, davno, verovala sam da ću uz tebe zaboraviti sve one boli koje su me trovale dugo. Verovala sam da je život i na mene mučnu pogledao sa osmehom. Očekivala sam previše, a pružala nedovoljno. Krivi su snovi, krivi su ideali. Zaslepljena sam bila slikom sjajnog, mirnog života koju si mi pokazao. Verovala sam da se mogu uklopiti u nju. Nisam ja bila za tebe, Svetislave. Ja sam sa one tužne, tamne strane i ne umem da uživam u svetlosti. Zaslepljuje me njeno bleštavilo. Ja sam navikla da lutam po tmini. Umesto da ti mene uključiš među srećne, ja sam tebe povukla dole, u svet tužnih i nesrećnih. Žao mi je, nisam želela da to bude tako. Patimo, Svetislave moj, patimo i jedno drugo. Nismo uspeli.

Govorila je polako. Reči su tiho pratile jedna drugu. Odjekivale su u njihovoj uredno sređenoj dnevnoj sobi. Svaka je duboko parala tišinu i prazninu između njih. Sedeo je u svojoj fotelji i gledao je. Plašio se onoga što sledi, ali ničim to nije pokazao. Samo se ispod njegovih tankih naočara moglo nazreti da mu se očne jabučice čudno izvrću posle svake njene rečenice. I disanje mu je bilo usporeno, kao da strepi od onog što će sledeći udah doneti. Nije progovarao. Svaka ga je njena reč duboko prikucavala za zidove njihovog dosadašnjeg života.

Da li zaista nisu uspeli? Imali su dvadeset godina mirnog braka za sobom. Nikad je nije prevario. Nije nikad ni pomislio na to. Bio je siguran da nije ni ona njega. Imali su dvoje odrasle, samostalne dece, dece koja su tamo negde daleko uspešno krojila svoje živote. Novca im nikada nije nedostajalo. Imali su solidne karijere, uži i širi krug prijatelja. Imali su povremene bračne potrese koji su njemu izgledali potpuno bezazleno. Da, bili su različiti od samog početka. Ana je bila hirovita i detinjasta, on umeren i ozbiljan. Ona je bila energična, afektivna, on odmeren i promišljen. Ona je lako sklapala poznanstva i prijateljstva. Ljudi su se jednostavno lepili za nju. On je imao mali broj pažljivo odabranih i proverenih prijatelja. U ljudima je pobuđivao strah i odbojnost, a ona nagon za bliskošću. Njegovi roditelji su živeli u skladnom braku i bili su ugledni, a njeni su proždirali jedno drugo i sopstveni ugled. On se na svoje uvek mogao osloniti, a ona je o svojima retko kad i govorila. Ona je odrasla okružena mirisima alkohola i svađa, a nad svakim njegovim pokretom je uvek neko bdio. Mislio je svih ovih godina da ih ta različitost još više privlači i vezuje. Od prvog trena je verovao da će Ana biti srećna jer će joj on pružiti život drugačiji od onog koji je ostavljala. Nije shvatao da to njoj nije bilo dovoljno, da je želela viši stepen ljubavi, razumevanja, požrtvovanosti. Sažaljenje i žaljenje su bili vrlo nisko na njenoj listi vrednosti. Podsvesno je očekivao od nje bar trunku zahvalnosti što ju je podigao u svoj život, a ona je, oduvek sklona pronicljivom zaključivanju i čitanju tuđih emocija, pa i onih skrivenih, svih ovih godina duboko patila zbog toga. Nešto ju je neprekidno u njegovom stavu podsećalo da treba da bude srećna i zahvalna samo zbog toga što je sa njim i što je on voli. To nije bila ljubav, bar ne po njenom shvatanju. Ljubav ne traži zahvalnost. I ne daje je. Čak ne bi trebalo ni da poznaje tu terminologiju.

— Svetislave, nismo više ni tako mladi. Život nam je pokazao da može da se poigra sa našim danima. Ja se više ne bih kockala sa vremenom. Želim da ovo što mi je preostalo iskoristim na najbolji mogući način. Ne želim više da živim u strahu da li ću ja tebe ili ćeš ti mene povrediti nekim postupkom, nekom rečju. Mislim da je najbolje za oboje da se raziđemo.

Gledao je bledo. Jagodice na licu su mu blago podrhtavale. Među prstima se odnekud našla neka papirna kutijica. Nesvesno ju je celu zgužvao, zgnječio. Tanki, beli karton je poprimio neku bolesnu, braonkastu boju.

— Ana... — izgovorio je jedva.

Svaki glas njenog imena se borio sa vazduhom da izađe. Bilo je molbe, opomene, naređenja u njegovom glasu. Svega je bilo i ničeg bilo nije.

— Ana, molim te, prestani!

— Ne, Svetislave, ne mogu i neću prestati! Nismo srećni, i ti to znaš. Treba da pokušamo odvojeno. Ne želim više da budem razlog tvoje patnje i tvoje nesreće. Ne želim više da gledam sažaljenje u tvojim očima, ne želim da ga slušam u tvome glasu. Oprosti ako možeš.

— Ana, ti si bolesna. Tek si počela da se oporavljaš! Ne radi nam to.

— Ponovo sažaljenje. To je ono što me boli. Ne želim ga! Povređuje me! Samo to te molim, nemoj me sažaljevati!

— Grešiš. Ne sažaljavam ja tebe. Volim te. I uvek sam te voleo. Ti si ta koja sve vreme ima potrebu da ruši, ima potrebu da pati. Nemoj nam rušiti život!

Njegove reči su ugušile dah na njenim usnama. „Potrebu da ruši? Možda je bio u pravu. Možda...”

— Još jedan dodatni razlog da prekinemo ovu zajedničku agoniju.

— Ana! Nisi svesna šta pričaš!

Usporenim pokretom ruke, pa prstiju, nemo je skinula burmu sa svog prsta i stavila je ispred njega na sto. Gledao je. Bez reči. Bez pokreta. Kao da se ništa nije događalo. Samo se iza njegovih naočara moglo nazreti da mu očne jabučice prave neki čudan zaokret.

— Svesna sam, Svetislave, svesna sam svake svoje reči. Dugo sam razmišljala o ovome, veruj mi. Nismo srećni. Ne znam ni da li smo nekada bili.

— Ana! — iz njegovog glasa su izbijali i zapovest i molba istovremeno. — Prestani!

— Neću prestati. Ne mogu. Znaš, posle svih ovih godina gledam na svet i život drugačije. Neki ljudi se rode natkriveni srećom, drugi baš u trenutku kad je sreća okrenuta na drugu stranu. Obeleženi su i jedni i drugi. Za vjek i vjekov. Mogu pokušavati da se izbore za drugačiji život, ali prsti sudbine ih, ipak, sve vreme vuku tamo gde im je suđeno. Kažeš da sam ja kriva, da imam potrebu da rušim. U pravu si, verovatno, samo što ja to ne radim namerno. Ne želim to. Potrebu da pati ima onaj skriveni deo mene, onaj deo koji je davno patnju i bol upamtio kao svoje okruženje, kao svoje odredište, pa uporno odbija da krene u suprotnom pravcu smatrajući to pogrešnim. Volela bih da nije tako, ali to sam ja, razgolićena ja. Sa druge strane, tvoja strana je sunčana i čista i nikada ne možeš shvatiti šta ja to nosim u sebi. Može samo onaj ko je osetio slično. Uzalud smo pokušavali. Ne razumemo jedno drugo. Žao mi je.

Pogledala ga je duboko. Iz njenog modrog pogleda je probijala bol sopstvene spoznaje. Nagnula se prema njemu i bez reči mu stisnula onu ruku kojom je gužvao kutijicu. Bio je to stisak neizmerne težine. Pritiskala su ga brda topline, tuge, žaljenja, neostvarene sreće.

— I da! Ja neću tražiti razvod. Ako želiš, ti možeš podneti zahtev. Meni ne treba. I deca ne moraju znati. Reći ćemo im da smo se privremeno razdvojili, da sam otišla u Bosnu, da se, u miru i na čistom vazduhu, okružena prirodom, oporavim, posvetim samo sebi i slikanju.

Ustala je i izašla iz sobe. Nije se pomerio. Osetio je ledeni dah njenog odlaska. Stresao se.

— Pazi na sebe. I uzimaj redovno lekove, Ana! I javi se, da znam da si dobro — izgovarao je mehanički pravilno, tiho, dok su se njegove očne jabučice čudno izvrtale ispod tankih stakala naočara, a zidovi ćućurili uši ne bi li čuli bat njenih, sad već dalekih koraka.

Zurio je u prazninu koja se izdigla ispred njega. Nije je poznavao. Oduvek je živeo sa unutrašnje strane zida. A sad je zid srušen.

DRUGI DEO

16

Oduvek je volela leto i oduvek je volela jutra, posebno letnja. Kada bi mogla da bira, vreme bi zaustavila baš u jednom jutarnjem trenutku, toplom, zračnom, obećavajućem, pomalo tajanstvenom, pomalo svečanom. Nikada nije mogla da shvati ljude koji žele da spavaju u ovakvim trenucima. Bio je to za nju greh. Bilo je to za nju hirovito bacanje unikatne dragocenosti.

Svetislav je voleo da spava dugo. Njemu je vrhunac odmora bio da što duže spava. Pomisao na njega je potmulo zaboli, pa je ona brzo izbrisa, kao nekad, u školi, gumicom.

Čudno, šta nas sve škola nauči. Kada pogrešimo, možemo to ispraviti. Postoje dva osnovna načina: prvi — da izbrišemo, i drugi — da stavimo u zagradu ili prekrižimo. Prvi je posebno lak ukoliko smo pisali grafitnom olovkom. Skoro da nema nikakvih tragova prethodnog pisanja. Naravno, naslućuje se da smo grešili, ukoliko smo pritiskali. Izgleda neuredno, ali sama greška nestaje. Kod drugog nije tako. Bez obzira na činjenicu da smo jasno, zagradom ili precrtavanjem, naglasili da je u pitanju greška, svako ko čita će, barem delićem oka, zaviriti u nju, izvesti neki zaključak o nama iz nje.

Jedan deo nas će se pobuniti: „Pa to je greška! U zagradi je!” „Pa šta ako je u zagradi! Ipak si u nekom momentu mislio tako!”, reći će strogi kritičar.

Odavno je naučila da piše grafitnom olovkom, bez pritiskanja, kad god je to moguće. Brisala bi strpljivo, precizno, polako svaku grešku. Niko nije mogao ni da ih nasluti. Sve je u njenom životu izgledalo dobro isplanirano, dobro odabrano, promišljeno i skladno. Tako je izgledalo čitaocu jer se ona trudila da bude dobar đak. A onda su se iznenada pojavili šuškavci. Njoj su se obraćali, nju su podsećali da je ipak bilo grešaka. Puno. Neke od njih je pravila ona, neke je napravio život. Šuškavci su joj pokazivali da ne može sve da se izbriše, ma koliko pomno bilo brisano, ma koliko grafitna olovka bila meka. Sve što se nekada desilo mora ostaviti svoj trag.

Svetislav se desio. Desilo se i dvadeset godina sa njim. Sad ju je sve to nekako čudno bolelo. Nije trebalo da se desi. Nije trebalo ni zbog njega, ni zbog nje. Taj mali trenutak nepromišljenosti, neodmerenosti, nepažnje utisnuo je nesreću u brojne živote. Kao slagalica, jedan deo pogrešno staviš i ništa ne možeš sklopiti kako treba. Desio se njihov život greškom.

I ti si se desio. Mi smo se desili. Ispisala sam nas ja hemijskom olovkom na tankom, savršenom papiru. Pritiskala sam jako, toliko jako da sam napravila rupe oko nekih reči. Ja, dobra učenica, napravila sam rupe na papiru... Onda sam shvatila da grešim. Nisi me mogao razumeti jer ti nisam rekla istinu. Nisi mogao shvatiti. Nisam ti rekla najbitnije o sebi. Nisam ti otkrila svoje šuškavce, nisam rekla da poznaju tvoje. Prećutala sam. To znači da sam slagala. Slagala sam ja što sam te gledala najiskrenijim očima i slušala najiskrenijim srcem. Nisi me mogao razumeti jer nikad nisi saznao istinu o meni. Sprečila sam te da ideš pravim putem i pre nego što si krenuo. Oterala sam te od sebe pokazujući ti stranputicu, ja, najzaljubljenija žena na svetu, oterala tebe. A onda sam u radnji na kraju našeg puta pronašla čudesnu gumicu. Kažu, može obrisati bilo koju hemijsku. Brisala sam svoju grešku... brisala... brisala... Uzalud je gumica bila čudesna, papir beše i suviše slab. Sve se pretvori u jednu prazninu, rupu iz koje je zjapio mrak. I u tom mraku, kao što to vazda biva, razmnožiše se novi šuškavci. Nisam se isprva osvrtala na njih. Srećna sam bila što niko neće moći naslutiti šta je nekada na papiru bilo ispisano. Niko neće saznati šta to krije velika, crna rupa, rupa što je pojela papir ceo, papir savršeni, tanki... Nisam se ni plašila zlotvora iz mraka. Sve sam strahote već osetila, mislila sam. Mislila sam. A šta je sa ljubavlju? Šta je sa tvrdoglavom, upornom, neobuzdanom, a neosnovanom ljubavlju, ljubavlju koja prkosi svim zakonima ljudskog razuma, svim zakonima ovoga sveta? Proći će, mislila sam. Dugo sam mislila. Godinama sam je zakopavala u duboku, crnu, hladnu rupu zaborava, rupu nastalu od savršenog, tankog papira... Mislila sam — poješće je. Neće od nje ostati ništa, nadala sam se. Ali, umesto da nestane oguljena i izanđala, rađala je. Rađala je svakodnevno. Šuškavce. Opasni su oni, znaš. Njih vreme ne uništava. Razmnožava ih. Kad su oni krenuli da me progone, za sve je bilo i suviše kasno. Ostali smo nepovratno sami, novi šuškavci i ja.

Šta bi bilo kada bi se sada, sa ovim iskustvom, mogla vratiti dvadeset godina unazad? Da li bi nešto uradila drugačije i, ako bi, šta bi to bilo? Teško bi bilo odreći se nekih delova sopstvenog života koliko god oni bili bolno breme. Čovek toga nije svestan dok proživljava sopstvene nesreće, ali i one postaju deo njega, deo koji se vremenom, od silne patnje i preispitivanja, od neprestanog neumitnog vraćanja, slepi sa suštinom, postane najupečatljiviji deo nje. Sve što proživimo napravi neobrisive odjeke u nama. Ne bismo bili to što jesmo bez tih odjeka, a svi smo, na kraju svih krajeva, i suviše sebični da bismo se odrekli nekog dela sebe, ma kakav on bio.

Davno nekada bila je Mirjana, tužna devojčica koja je tražila zrnca sreće u svome mučnom životu. Letela je visoko u svojim željama i snovima, a potom padala duboko rušena nesrećom koja je sa svih strana okruživala njenu porodicu. I tako u krug. Nikad nije u potpunosti klonula u svome padu, nikad se nije nesputano izvila u svome letu. Živela je zarobljena u mreži snova i onoga što joj je život pružao. I to joj je vremenom postalo normalno. Javio se kod nje uslovni refleks — nakon uzletanja, mora da padne. Kada smo mali, život nam je određen roditeljima, porodicom. Za njih vezujemo i svoju radost, i svoju tugu. Naš svet se svodi na ono što nas neposredno okružuje. I uverenja gradimo u tom malenom krugu sastavljenom od svega par ljudi. Posle ih samo primenimo u širokom svetu. Svetislav je optužio da je ona ta koja ima potrebu da ruši. Ima. Bio je u pravu. Gledala je dugo roditelje kako to rade. Ruše. A onda sve zaborave, pa grade. I ponovo. Nisu se obazirali puno na njenu patnju. Ponekad bi se majka izjadala zbog tužnog detinjstva svoga čeda, za šta je naravno otac bio kriv, ali bi već u sledećem trenu, zaslepljena srećom novog naleta supružinske ljubavi, zaboravljala da joj je čedo bilo uplakano, neispavano, modro, tužno. I živela je tako tužna devojčica Mirjana za trenutke sreće. I maštala je stalno. Izmišljala novu, drugačiju porodicu za sebe. Izmišljala je nove, bolje svetove za sebe. Bila je sigurna da je čekaju tu, iza nekog ugla. Bilo je bitno samo da pronađe pravu ulicu.

Onda je postala Jana. Desio se jedan dan. Odneo je snove jedan dan. Taj isti dan joj je pokazao da njeni dosadašnji padovi nisu bili ništa u poređenju sa onim koje život skriva ispod svojih brojnih potkošulja. Do tada je patila zbog rana koje joj je nanosio neko koga je volela i ko je, kako je sam tvrdio, voleo nju. Sada je došao neko stran, neko dalek i tuđ, neko bez emocija i razderao njene dečje snove. Naneo je bol njenom telu devojčice. Teško je bilo navići se na život bez prva tri slova imena. Teško je bilo postati neko novi. Ali, uspela je. Zakopala je sva sećanja na Mirjanu. Rešila je da izgradi sebe, veselu i srećnu. Rešila je da podari sebi budućnost kakvu želi. Nije bilo lako. Nimalo. Proganjali su je strahovi. Proganjala su je sećanja. Zamaskirana, znala su da iskoče iza nekog ugla kad im se najmanje nadala i pokažu joj svoju golotinju i iskežene zube, oštre i krvave. Šuškavci, strašni, zli. Bežala je pred njima, hvatajući dah života. A onda je jednoga dana, ni sama ne zna kako, počela i da im prkosi. Živela je uprkos njima. Radovala se uprkos njima. Volela je uprkos njima. Tražila je ljubav. Da, veći deo života je tražila ljubav. Ne bilo kakvu ljubav. Iskonsku, neobuzdanu, bezuslovnu. Dok je drugim ljudima bilo bitno da dišu, da jedu, da budu zdravi, njoj je bilo bitno da je neko voli. I počeli su da se lepe za nju, ti, koji su je voleli. Tako su pričali. Pokušavala je i ona da voli, ali nije joj polazilo za rukom. Trudila se, ali se uvek ispred njenog srca dizao zid. Visok i nepristupačan. I sa njega su padali. U ništavilo. Sve do... Sve do njega, Voldemora.

O njemu je samo sa Ojom razgovarala. I to retko. Zvale su ga „Onaj koji se ne sme imenovati" jer bi njegovo imenovanje povlačilo silne uspomene u njene sate, dane, mesece. Ne bi u takvim okolnostima živela, samo se sećala. Nekako uporedo se pojavio i „Hari Poter" gde su isto tako nazivali glavnog negativnog junaka, predstavnika zla, strašnog Voldemora, tako da je i Veliki On dobio još jedno ime — Voldemor. Pred njim se srušio njen visoki, nepristupačni zid. Pao, kao da ga nije ni bilo. I ona je, ogrnuta samo svojom ranjivošću, stala pred njega. Bez ikakve zaštite. Ogoljena i drhtava. Nije on to tražio od nje. Ništa posebno nije ni uradio da bi je podstakao na tako nešto. Šuškavci su krivi. Oni su je nagovorili. I isukao je mač on. I posekao je on pred kim je spustila sve kapije što su vodile ka njenoj duši. Možda je to učinio nesvesno. Možda nenamerno. Tešila se dugi niz godina. Nikad se nije usudila da potraži odgovor. On se nije potrudio da joj ga pruži.

Priča posle njega je bila samo vidanje rana. Šta uraditi da što manje boli?

Svetislav je naišao neočekivano. Ušetao je u njen život nekako nepozvano. Nije bila spremna za vezu, ali on se ugodno smestio u njenim danima bez namere da je pusti. Njegov pogled je očekivao da će mu se u svemu povinovati, jer on je naišao da je izbavi iz bunila. I učinila je to. Prepustila mu se. Prepustila se njegovoj ljubavi, svesna da sama voleti, duboko i iskreno, ne može nikada više. I rekla mu je to jednom, u neko tiho doba, dok se noć prikradala kroz prozore njihovog stana. Nasmejao se nehajno i odmahnuo rukom. „Pričaš gluposti! Šta ti uopšte znaš o ljubavi? Šta uopšte znaš šta znači voleti?!" Plakala je Jana te noći dugo. Suze su se izlivale iz njenih očiju, kao iz izvora, a njihov pravi razlog ni sama nije mogla da odredi. Da li je shvatila možda da svoj život gradi na stubovima zabluda? Ili, pak, da su najveće zablude one koje sami stvorimo?

Onda su došla deca i dani su dobili nove oblike, zvuke i boje. Šuškavci su retko izlazili zaplašeni snagom materinstva. Živela je za njih, željna svakog njihovog treptaja. Živela je za njih, žudna da im pruži sve ono što ona dobila nije. I rasla su deca, sa njima i ona. I nije joj prepuklo srce kada su krenuli na drugi kraj sveta da krče sebi puteve. Bila je srećna što im to može pružiti. I zadovoljna i ponosna je bila što su izrasli u snalažljive i sposobne mlade ljude, spremne na samostalni život. Ipak je blago podrhtavalo njeno materinsko srce, ali to niko video nije.

A onda je došla bolest. Teška i opasna. Preteća. Nemilosrdna. Iz te bitke je izašla ispijena, ranjena, okrnjena, bez još jednog slova svoga imena.

„Šta ako još neko izgubim?", pitala se ona jedne noći. „Neće mi ništa ostati. Postaću ništa. Na ili an, a to nisu imena."

Odlučila je čvrsto te noći da se mora boriti, da mora ostati Ana, da mora zadržati sve ono što Ana jeste. Mora preuzeti konce svoje sudbine u svoje ruke, inače je biti neće. Mirjana i Jana su bile pokopane. Ana je morala da živi, baš takva kakva jeste.

I preuzela je. Napustila je Svetislava. Nisu bili srećni zajedno. Napustila je Beograd. Previše ju je iscrpljivao. Previše je bio brz, a njoj je trebao mir. Verovala je da će oni najglasniji šuškavci ostati u njemu, ostati da čekaju Voldemora.

Krenula je u selo, zaboravljeno i odbačeno, selo u kojem je nekada davno, sa nekih trinaest godina, doživela najveći gubitak, selo u koje od tada nije kročila. Tamo joj je ostala dedina oronula i trošna kuća. Nije želela da je proda. Slutila je dugo da će se u jednom momentu roditi potreba u njoj da se vrati, da se suoči sa svojom prošlošću. Deda i baka su izbegli za vreme poslednjih ratova. I umrli su ovde, u

Srbiji, sahranjeni na tuđoj zemlji, među stranim ljudima, daleko od svoje zemlje, daleko od svojih korena. Od tada niko nije živeo u kući. Osećala je neku čudnu potrebu — ili dužnost da se vrati, da raščisti sa sobom, možda do pokopa ona prva tri slova svoga imena — MIR, ne bi li i sama dosegla isti.

Ako ništa drugo, kroz ove duge godine borbe sa sudbinom i samom sobom shvatila je da ne treba tražiti razloge lošeg usuda. Jednostavno je tako. Ni sam ih život često nema i ne zna, a čovek ih uporno traži. Ponovo su krive bajke i priče koje slušamo od ranog detinjstva. Uče nas nečemu što nije osnovano. U pravom životu retko dobro rađa dobro i retko je to dobro sila koja pobeđuje. Pokopaće zajedno sa izgubljenim slovima i svoja uzaludna preispitivanja. Samo da ih pronađe. I opelo će im održati. Neka miruju u tami prošlog vremena.

17

Zraci i zvuci praskozorja su se probijali kroz navučene roletne. Nisu odustajali, iako je prepreka bila gusta i čvrsta. Zvali su je na druženje.

Lenjo je odškrinula jedno, pa drugo oko. Osetila je toplinu kako joj šara po licu. Nasmešila se, protegla dugačke noge i ruke i ispustila neki čudan, detinji zvuk pri tom.

„Evo me, danu, dolazim. Nemoj da si nestrpljiv. Ne brini, ni ja ne želim da propustim tebe. Družićemo se."

Potom je hitro poskočila, kao da one lenjosti nije ni bilo i duboko udahnula svež, jutarnji, planinski vazduh. Pogledala je na svoje razapeto slikarsko platno sa kog su je pozdravljale zelenkaste i zlataste boje. Osmehnula im se u znak pozdrava. Otvorila je svoj laptop da proveri ima li poruka od dece ili od Oje. Mia je ovih dana imala ispit. Nije mogla da se seti tačnog datuma. Očekivala je dobre vesti. Nasmešila se sebi. Razmazila su je deca. Navikli su je na dobre vesti. Nije bilo nikakvih poruka. Zatvorila je laptop. Prošetala se kroz kuću nehajno. Trebalo je isplanirati dan. Topli sunčevi zraci su se prelamali kroz narandžasto staklo ulaznih vrata i postajali još topliji i primamljiviji. Onako, u spavaćici, otvori ih širom i pusti dan da osvoji široko predsoblje. Stala je na vratima sklopljenih očiju dok joj je jutarnji dah milovao veđe. Mir ispunjen raznolikim zvucima života obujmi njeno telo.

Odjednom je preseče nečiji pogled. Otvori oči i strese se od hladnoće koju taj pogled donese sa sobom. Uplašeno poče posmatrati široko dvorište koje se pružalo ispred nje. Ništa neobično ne primeti. No, strah je nije napuštao. Mučio je taj osećaj otkad je došla. Često joj se činilo da nije sama, da je kraj nje još neko, hladan i zao. Pripisivala je to svome umu. Bila je nekada žrtva i dugo nije mogla da se oslobodi osećaja plena, lovljenog i uplašenog.

Zakorači bosom nogom na stazu, a zatim na mladu travu, vlažnu od jutarnje rose. Kada je došla ovamo, rešila je da pokopa sve svoje strahove. Neće u tome uspeti ako se ne suoči sa njima, ako sebi ne pokaže da oni ne postoje.

Migoljila se vlažna trava pod njenim bosim nogama, zavlačila se među njene prste. Lagani vetrić joj je milovao tanku spavaćicu. Koračala je nesigurno i bojažljivo. U dvorištu ničeg neobičnog nije bilo. Krenula je da vidi ima li nečeg iza. Kako je skretala za ugao kuće, pred njom se prolomi neki iznenadni, parajući zvuk. Trže se. Dah joj se zaledi. Srce poče ubrzano da bije. Jedva zaustavi uplašeni vrisak na usnama. Nešto se prolomi ispred nje. Nešto veliko i teško je palo. Paralisana nije ništa videla. Zastade i pokuša da se smiri. Verovatno nije ništa. Sigurno neki komšijski pas ili mačka. Smejaće se kada otkrije šta je, pomisli.

No, u tom momentu, čudna, crna prilika poskoči iza drveta i polete u šljivik. Pucale su sitne grančice pod njenim grabećim nogama. Ana vrisnu. Ništa nije moglo zaustaviti uzvike pretrpljenog straha koji su kuljali iz nje. Priliku to kao da nagna da trči još brže. Nije uspela, uplašena, ni da je osmotri kako treba. Ništa nije na njoj zapazila sem da je bila tamna i povijena. I brza je bila, brza u svojoj hladnoći.

Teško je nalazila mir toga dana. Ko je bila neobična prilika i šta je tražila kraj njene kuće? Lopov neki ili slučajno zalutali prolaznik? Svi odgovori koje je pronalazila su padali neosnovani pred osećajem straha i hladnoće koje je za sobom ostavio čudni događaj.

Nije bila sigurna ni da li nekome treba da se požali. Iako je došla pre svega par meseci, već je imala ovde zavidan krug prijatelja, zavidan u odnosu na ukupan broj žitelja. Nije ih bilo puno. Retki su se vratili. Zapravo, samo oni koji nisu uspeli da se uklope u novu sredinu, samo oni koje su koreni vukli i dozivali, kojima koreni nisu dozvolili da sviju gnezda na drugim mestima. Sa par njih je bila povezana rodbinskim vezama. Ostali su je prihvatili. Bili su to uglavnom stariji ljudi koji su znali sve njene, koji su je pamtili kao dete. I sada im se dopala njena odluka da se vrati ovamo, da obnovi staru kuću. Videli su oni u tome i nešto čega nije bilo. No, Ana se nije trudila da ih razuveri. Razloge svoga dolaska je sačuvala za sebe. Tako je bilo najlakše. Problem je bio što su kuće ovde bile razbacane, sa brda na brdo. Činilo joj se da joj to savršeno odgovara, da će tako imati veći mir, ali sada je uvidela da to i nije dobro. Da je crna prilika napala, niko je ne bi čuo, sem možda prvog komšije, Ivana, a on je bio jedina osoba sa kojom nije uspela da ostvari nikakav kontakt. Bilo je nečeg mračnog i odbojnog u tom čoveku. Pa ipak… Teško joj je bilo da prizna i samoj sebi, ali neka jaka, nedefinisana sila je privlačila tom čoveku. Bilo je nečeg u toj njegovoj izolovanosti i zatvorenosti od sveta, nečeg bolnog, nečeg što je neki deo njenog bića prepoznavao. Plašilo ju je to, ali je istovremeno i mamilo njen radoznali duh.

Jedna čudna i strašna misao joj prolete kroz svest, ali je odbaci brže nego što je uspela da se razvije. „Ne, ne! Nikakvog smisla nema. Što bi on?!…"

Dugim rukama obujmi svoje telo koje se još treslo i krenu nazad u kuću. Bilo je krajnje vreme da popije dnevnu dozu svojih lekova i da se obuče. Odluči da o jutrošnjem događaju ne priča nikome. Samo će biti obazrivija.

No, probuđeni nemir je nije napuštao ni tog, a ni narednih dana. Zalepio se za nju i šta god bi radila podsećao je da je i on tu. I ona bačena misao je rovarila po njenoj glavi. „Šta ako je on?"

Pokušavala je da im se odupre, posećivala je komšije, pokušavala da slika, da se opusti uređujući dvorište, ali jednom probuđena sumnja je granala u njenoj duši. Odluči da je sama proveri.

18

Danima je vrebala pogodnu priliku. Znala je da je neki trenutak mora doneti. Nije više želela da bude plen. Od sada će ona biti ta koja lovi. I ukazala se prilika jednog mirnog popodneva.

Slikala je u samom uglu svoga dvorišta. Utapala se u predeo i boje koje su iz njega izvirale, a zatim ih, verno slici koja je nastajala u njenom oku, prenosila na platno. Odjednom u toj slici spazi Ivana. Stajao je kraj nakrivljenog drveta na širokoj poljani. Bio je zamišljen. Gledao je negde u daljinu. Verovatno je nije primetio. Razdvajao ih je dugački voćnjak. Telo joj zadrhta. Oseti da trenutak dolazi, no pre njegovog dolaska požele da svom pejzažu doda i Ivanove obrise. Zamahnu četkicom. Napravi skicu muškarca oslonjenog na drvo. Bio je prazan. Pokuša da pronađe prave boje za njega, no sa četkice joj skliznu boja i razli se. Od obrisa muškarca ostade samo tamna mrlja, mrlja koja joj pokvari čitavu sliku. Krv joj jurnu u lice i ona baci četkicu. Okrete se dva-tri puta po dvorištu, kao da nešto traži, popravi kratkim, nervoznim pokretima svoju haljinu i pođe ka njemu, na poljanu.

Grabila je sitnim koracima kroz zasenke voćaka. Nije smela da propusti priliku. Nije smela da mu dopusti da pobegne.

I zateče ga u nepromenjenom položaju. Oči su mu lutale negde po obdanici, a za sobom su povele i njegovu pažnju. Nije je čuo da dolazi. Sigurno nije nikoga očekivao. Trže se kada je oseti kraj sebe.

Pogodi je njegov zaprepašteni pogled. No, ona je unapred spremila svoj razoružavajući osmeh, pa ne gubeći vreme izvede kontranapad.

— Dobro jutro, komšija! — isijavala je ljupkost iz svake njene reči.

Zbunila ga je. Upravo joj je to i bio cilj. Nije uspeo da se pribere. Samo je piljio u nju dok mu je donja usna opušteno padala. Niz nju je krenula da se sliva kap neprogutane pljuvačke. Gornja usna mu je čudno podrhtavala. Bio je pravi trenutak za nastavak napada.

— Pa, kako ste mi, komšija? — pravila se da ne primećuje njegovu reakciju. — Ja sve mislim da Vas pozovem na kafu i piće, pa i na neke kolačiće, ali nikako da se sretnemo, nikako da Vas vidim... Ta, kao da živimo na suprotnim stranama sveta! — veselo je ćeretala uspešno skrivajući nameru ispod vela lakomislenosti i lakoće reči.

I dalje je nemo i ukočeno stajao i piljio u nju. „Igra li se ova žena s njim?! Šta sad ovo znači?!” Ona kap pljuvačke je nastavila svoj put niz njegovu paperjastu bradu, a on nije mogao ništa da učini kako bi je sprečio.

— Mada... — pogleda ga mangupski — mada... — podiže prst i zamahnu njime isto onako mangupski — učinilo mi se da sam Vas videla pre neko jutro...

Ivanu jurnu krv u lice. Samo što se ne zagrcnu od njene količine i brzine. „Đavola!!! Šta ona hoće! Kakva je ovo vražja igrarija?!”

Dobila je bezrečni odgovor koji je tražila, tako lako i tako brzo, ali je on otvarao niz novih pitanja, a nije želela više da sluti odgovore. Nije smela to dopustiti sebi, nikada više.

Kamo sreće da ih nikad nisam ni slutila. Odgovore. Kamo sreće da sam ih uvek tražila. Kamo sreće da ništa tajila nisam. Koliko bih manje patila! Kakav bismo samo život imali! Ti i ja... i on... i svi oko nas... Samo da odgovore slutili nismo, samo da se nismo povlačili pred pitanjima.

— Komšija moj! — nastavi veselo, podlaktujući ga spontano. — Rekoh, učinilo mi se! Ta šta biste Vi tražili iza moje kuće, ispod mog prozora u cik zore! Boga pitaj ko je to bio i šta je tražio!

Ivan je stajao drveno, ćutao zaliveno... Ličio je na drvenog lutka. Nije ga opuštao Anin bezbrižni ton, ni njeno bezazleno čavrljanje. Naprotiv. Kočili su ga dodatno. Slutio je da se u njima krije neka opasna zamka, samo nije mogao da odredi kakva. Još više ga je paralisao bezrezervni dodir njene ruke. Prepustio mu se, krenuo je za njim, naizgled poslušno, ali zapravo jedino zato što nije našao mogućnost da mu se odupre.

Vodila ga je pravo ka svome dvorištu čavrljajući nešto veselo i bezazleno. Misli su mu se pomutile od njene blizine i baršunaste boje njenoga glasa.

— Sada Vas ne puštam, komšija dragi, dok ne podelite sa mnom čašicu razgovora! Uhvaćeni ste i nema Vam spasa! No, sve hoću da Vas pitam, možemo li mi da pređemo na „ti"? Glupo je da persiramo, a zapravo smo jedno drugom najbliži!

Pogleda ga upitno i toplo u isto vreme. Poslednje reči je posebno naglasila i čekala smireno reakciju, skrivena u svojoj dobro skrojenoj zasedi iza napadne naivnosti i brbljivosti. Gonile su njene reči njegovu krv da ubrzano teče svojim potocima. Što je više ova njena igra odmicala, postajala je sigurnija u sebe, pa i osornija. Prijala joj je nadmoć koju je prvi put u životu osetila. Da je to znala ranije, ne bi nikada bila povređena.

— Možemo... — jedva se iskobeljalo iz njegovog suvog grla.

— Pa, da, Ivane, konačno bi bio red! Sedi ti ovde na klupu i opusti se malo! Idem ja da skuvam kafu. Kakvu piješ?

— Gorku — odgovorio je kratko.

— Odlično! I ja! Može li neka rakijica? Imam odličnu, domaću!

— Pa, ne bih... Samo ću kafu.

— Ta sad smo se dogovorili da smo na „ti". To znači da se nećemo ustezati i folirati jedno pred drugim. Jednu rakijicu možeš popiti sa mnom! Ako ništa drugo, red je! Prvi put si kod mene u gostima — prosu se čarolija sa njenih usana. — Mislim, prvi put ovako, zvanično!

Namignu mu veselo i odšeta u kuću.

Ivan je pokušao da sedne, ali su ga pritiskale neka neprijatnost i teskoba. Nije ni znao da je sposoban da oseti takvo nešto. Uzvrteo se na dvorištu tražeći prikladno mesto za sebe. Zbunjivala ga je svojim iznenadnim srdačnim ponašanjem. Nije znao kuda ono vodi. A Ivan je iznad svega mrzeo da bude zbunjen. I mrzeo je da bude vođen. A ona mu je sve to učinila za par minuta. Zbunila ga i dovela ga ovde, na svoj teren. I on je sada sedeo mirno, kao ovca i čekao njen sledeći potez. Krv mu jurnu u lice. Požele da ode odmah, ali to je značilo da nikada neće saznati šta je gospođa nameravala. Radoznalost ga je već i za ovih desetak minuta nagrizala. Teško bi bilo živeti sa njom dugo. Odluči da ostane. Učestvovaće u predstavi, ma kakva uloga mu bila namenjena. Ustade i prošeta po dvorištu. Otkad je Ana došla, nije bio ovde po danu. Lepo je ona sve sredila. Osećala se ženska ruka na svakom pedlju zemlje. U uglu dvorišta je stajao slikarski stalak. Njen stalak. Priđe mu. Posmatrao je često skriven u nekom prikrajku kako slika — tu, na dvorištu, u lugu, na poljani... Lepo je izgledala tako zanesena pred platnom. Kao da je zalutala iz nekog filma u ova brda. Priđe platnu. Nedovršena slika ga privuče svojim vedrim tonovima. Poljana se širila na njoj. Samo je neka tamnobraonkasta mrlja u desnom uglu kvarila savršenstvo. Iza nje su se nazirali obrisi iskrivljenog drveta. Pogled mu se zaledi. Hladan znoj mu orosi čelo. Bio je to on. Trebalo je da bude on. Stajao je kraj tog drveta kada se pojavila na poljani. Htela je da ga naslika. Zašto je pokvarila sliku? Zašto ga je pretvorila u ružnu mrlju? Šta smera ova žena? Duboko u sebi je osetio opasnost. Da li je ovo bila pretnja? Igra li ona sada sa njim neku tajanstvenu igru? Ispuni ga neka tiha, ali euforična jeza. Kakva je to igra mogla biti? Nikada ga niko nije posmatrao na taj način. Uvek je on određivao pravila. Uvek je on određivao cilj. Uzbudi ga moguća promena uloga.

Ana se pojavi sa posluženjem. Iz svakog njenog pokreta je izvirala toplina. Lice joj je bilo vedro, uokvireno blistavim smeškom. Kad ga vide kraj platna, zastade u trenu. Sudariše im se ispitujući pogledi, pogledi kroz koje u momentu odmeriše snage. Nijedno nije pokleklo. No, to potraja samo časak. Već u sledećem trenu, ona povrati nevinu vedrinu, kao da je nikada nije ni gubila.

— Gledaš moje propalo delo? Ruka mi se omakla i celu sliku sam upropastila. Šta ćeš, kad sam smotana — nasmeja se.

Ivan nije imao drugog izbora, pa se i on usiljeno nasmeši.

— Dobra je. Mislim, dobro je sve sem ove mrlje. Samo da nju nekako izbrišeš — važno je pogleda.

— Nije ni bitno. Jedna mrlja, manje-više. Nakon prve, čoveku postane svejedno da li ih ima i koliko ih ima. No, dođi, sedi.

Prišao je stolu odmerenim korakom.

— A ti si neka slikarka, šta li?

Ona ne pokaza ničim da je osetila prizvuk ironije u njegovom glasu.

— Nisam slikarka. To mi je nešto kao hobi — uzdahnu duboko i lice joj poprimi ozbiljan izgled. — Zapravo, nekada sam mislila da ću postati slikarka. Ali, šta sam sve nekad mislila i želela!

Podiže svoju čašicu i pogleda ga duboko u oči. Nije joj se dopala hladnoća i tama koja je tamo vladala, ali se nasmeši i veselo nazdravi.

— Hajde, pa živeli, Ivane!

On na trenutak zadrža svoju čašicu izvan dometa njene. Neće joj dopustiti da vodi igru. Uhvati njen zbunjeni pogled i osmeh koji se lagano ledio, a onda se široko, hladno nasmeši.

— Živeli, Ana! Neka ti sve buduće slike budu bez mrlja.

Otpili su po gutljaj rakije. Ana oseti kako joj se telom širi neka čudna toplina. Nije volela rakiju. Brzo je delovala na nju. Geni su čudo, pomisli i nasmeja se u sebi. Ivan je gledao niz dvorište, nekako čudno, odsutno, mirno. Promeškolji se osetivši njen pogled na sebi.

— Dobro si ovo sredila — izusti kao da odgovara na pitanje. Uvuče dim cigarete duboko, pa nastavi. — Iskreno da ti kažem, nisam verovao da ćeš uspeti, bar ne tako brzo.

Nije znala da li očekuje odgovor, pa je samo slegla ramenima i sama razgledajući kuću i dvorište kao da ih prvi put vidi.

— A reci mi, otkud ti ovde? Mislio sam da je ovo napušteno imanje.

U njenom oku zaiskri bol. Šta da kaže? On to oseti.

— Izvini, možda pitam nešto što ne treba.

— Ne, u redu je — brzo se snašla. — Ovo je pripadalo mome dedi. Umrli su i on i baba nakon ovog poslednjeg rata. Sahranjeni su u Srbiji.

Zastala je. Nije planirala da razgovor teče u ovom smeru. Nije on trebalo da ga vodi, već ona.

— Tako. Baš sam se pitao otkud nepoznata, lepa žena ovde — pogleda je drsko, kao da je procenjuje.

Jeza joj prostruji mišićima. Ne sme ga pustiti. Imala ga je u šaci, a sad joj je izmicao. Podlakti glavu i slatko se nasmeši gledajući ga u oči.

— Eto, sada znaš! — izgovori koketno.

Šta ona to radi? Da li to flertuje sa njim?

— Pa, nepoznata, lepa ženo, šta te je navelo da počastvuješ ova brda svojim prisustvom?

— Život. Život me je naveo.

— Vidim da škrtariš sa odgovorima. Udata?

— Šta je ovo? Igra istine? — nasmeja se. — Dobro. Neka bude. Komplikovan bračni status.

— Kako komplikovan? Jesi ili nisi?

— Šta god da ti odgovorim, biće i istina i laž istovremeno. Komplikovano, i to je to.

Ivan sleže ravnodušno ramenima.

— Neka bude komplikovano, ako ti tako kažeš. Deca?

Ana potvrdno klimnu glavom i pokaza prstima broj dva.

— O, pa lepo! Mada mi i dalje nije jasno šta tražiš ovde.

— Možda je bolje da i ne pokušavaš da shvatiš. Tražim izgubljenu sebe — govorila je polako fiksirajući ga sve vreme pogledom.

— O, pa ti si i neki filozof, šta li!

— Filozof? Ne! Nikako! Samo izgubljena žena — i dalje nije skretala svoj pogled.

— Izgubljena ženo, treba li ti pomoć u traženju? — njegov pogled je počinjao da je proždire.

Ana ponovo zadrhta, ali uspe da prikrije strah, uspe da ga savlada i da pokaže sasvim suprotno lice, iskeženo i mirno.

— Ne, ne treba mi pomoć. Znam tačno šta tražim i gde ću to naći.

Glas joj je bio leden. Ovaj put Ivana obuze jeza od hladnoće i smirenosti koja je izbijala iz nje. Jedva je sačuvao staloženost.

— Pa, dobro, lepa ženo, srećno ti traganje — izgovori nekim svečanim tonom, pa podiže čašicu nazdravljajući.

Ana mu klimnu glavom i otpi gutljaj.

— E, sad je red na mene. Jesi li spreman? — pogleda ga pronicljivo.

On se usiljeno iskezi.

— Gađaj! — šturo odgovori.

— Otkud ti ovde, nepoznati čoveče?

— Provodim mirne penzionerske dane.

— O, penzionerske? Ne izgledaš kao penzioner.

— Neki ljudi imaju sreće, pa na vreme sve odrade — tajanstveni, samozadovoljni osmeh mu je titrao oko usana.

Ana oseti da se ništa dobro, ni lepo ne krije iza tog osmeha, ali nije htela tu više da čačka. Imaće već vremena i za to.

— Lepo, lepo! — odobravajući klimnu glavom. — Oženjen?

— Bio. Davno. Sad sam slobodan kao ptičica na grani.

— Očigledno da ti to ne pada teško.

— Ni najmanje — i dalje mu je samozadovoljstvo titralo na licu.

Ona ga pogleda ravnodušno.

— Ta kuća, tvoja kuća, pripadala je nekada mome kumu.

Slegao je ramenima. Osetio je prizvuk bola, čudnog, dalekog i dubokog, u njenim rečima. Zar je bilo bitno kome je nekada pripadala? Sad je njegova.

— Reci mi, otkud ti baš ovde? Mislim, ja sam vezana za ovaj kraj. A ti, šta te je navelo da baš ovde provedeš svoje penzionerske dane?

— Šta me je dovelo ovamo? Ništa posebno. Desilo se slučajno. Tražio sam kuću u nekom mirnom mestu i naleteo na ovu. Nije bila loša, a cena je bila više nego povoljna. Jedino mi je bilo bitno da nađem mesto gde me neće uznemiravati — pogleda je nezainteresovano, pa dodade oštro i hladno. — Niko.

Ana se nasmeja glasno. Rakija je očigledno činila svoje.

— Da li to hoćeš da kažeš da sam te ja uznemirila?

Na tren je zastao pred njenim smehom i njenim rečima.

— Kako se uzme, draga moja — glas mu je pucao od skrivenih značenja. — Kako se uzme!

— Nadam se da ćeš uspeti da mi oprostiš — nije odustajala od svoje igre.

Samo se nasmejao jetko. Ubrzanim pokretima je sručio onu kafu, a potom i rakiju u sebe, uvukao jedan dubok dim iz cigarete koja je dogorevala, pa ustao žurno.

— No, vreme mi je poći! — izgovorio je jetko.

Ona ga je ravnodušno gledala.

— Pa, do skorog viđenja, komšija!

Klimnuo je glavom i krenuo ka kapiji. Koraci su mu bili sitni, reski. Negde na izlazu iz dvorišta stiže ga njen glas.

— Ivane, nešto mi nisi rekao! Ono, pre neko jutro, nisi bio ti?

Zastao je. Trebalo mu je par sekundi da se okrene.

— I sama si rekla da ti se verovatno učinilo! Šta bih ja radio tako rano pod tvojim prozorom? — počeo je da se smeje hladno, bolesno.

Ana se strese od ledenog, zastrašujućeg dodira tog smeha. Ubrzano pokupi šoljice i čaše i uđe u kuću. U šta se to upustila!

Neuobičajen odnos između Ane i Ivana razvio se narednih dana. Dolazio je često kod nje. Nekad bi dolazio da popiju popodnevnu kafu, a nekad bi jednostavno samo sedeo. I posmatrao je. Ana je zazirala od takvih momenata jednim delom svoje duše, ali drugi deo je neobjašnjivo žudeo za njima. Dešavalo se često da ga zatekne kako sedi i posmatra kuću. Nije se trudio da objasni svoje prisustvo. Ona ga nije ništa pitala. Prihvatila je njegovu igru. Ponašala se kao da u celoj situaciji nema ničeg neočekivanog. Razgovarali bi o trivijalnim stvarima. Kad god bi se namestila negde na dvorištu da slika, on bi se stvorio niotkuda. Pušio bi i posmatrao je bez reči. Nešto joj je govorilo da uživa u svakom pokretu njene četkice. Puštala ga je, mada joj razlozi ove njegove manije nikako nisu bili jasni. Jedno je sa sigurnošću mogla tvrditi, a to je da o slikarstvu ne zna ništa. Komšije su ranije rado svraćale da vide šta radi, treba li joj nešto. Sada su počele prvo da je sumnjičavo zagledaju negodujući pogledima, a zatim i da je izbegavaju. Primećivala je to, ali nije reagovala. Zanimalo ju je šta se krije u ovom čoveku i njegovom čudnovatom ponašanju. Zanimalo ju je zašto je onog jutra bio pod njenim prozorom. Zanimalo ju je šta je hteo od nje. Verovala je da ima neku tajnu, da ima svoje razloge što je takav. A ona je volela da rešava zagonetke. Istina, nekad su je odgonetke skupo koštale, ali ništa se nije moglo meriti sa zadovoljstvom traganja po zamagljenim prostranstvima ljudske duše, nepoznate i tajnovite ljudske duše. Sada je bar za to imala vremena. Zamorila se od sopstvenog samoispitivanja. Ivan joj je bio nešto kao sveže meso. Nova, do sad neviđena materija.

Svakodnevno je u dugačkim porukama iznosila sve ovo Oji. Poveravala joj je svaki detalj koji je zapazila na Ivanu. Oja se plašila. Nije odobravala ovo čudno zbližavanje. „Nemoj to da radiš, Ana! Beži od njega. On je običan manijak, i to manijak koji se prima na tebe! Nema ničeg u pozadini te činjenice!" Znale su i jedna i druga da je ništa neće odvući od novopronađenog zadatka.

Jednoga jutra je Petar, dalji rođak koji je živeo na drugom kraju sela, iznenadio svojom posetom. Volela ga je. Znala je da ga je obradovao njen povratak, ali se nisu viđali često. Jednostavno se nije rasipao vremenom, a ni rečima. Bio je tu kad joj je trebalo. Dosta joj je pomogao oko renoviranja kuće. On joj je pronašao majstore, pomagao oko nabavke materijala. Znala je da na njega uvek može računati. Uvek je i mogla. Nešto malo stariji od nje, bio je njen zaštitnik u detinjstvu, a ona njegova omiljena sestra. Veze su im se u jednom mementu pokidale, ali kada su se ponovo videli, znali su i jedno i drugo da se ništa nije promenilo, sem njihovih tela i lica. I nije im bilo potrebno mnogo reči da to iskažu. Upravo zbog toga ju je i iznenadio njegov dolazak. Znala je da nije tek tako svratio.

Sedeli su u hladu njenog lozovika dok je letnje sunce pržilo sve naokolo.

— Neće još dugo — izgovori on posmatrajući travu koja se povijala pod vrelinom zraka.

— Šta? — upitno ga pogleda ne shvatajući o čemu priča.

— Sunce — uzvrati joj pogled. — A ni trava. Spržiće je sopstvena želja.

— Ne shvatam. Šta si hteo da kažeš, Petre? — gledala ga je pravo u oči, odlučna da shvati o čemu razmišlja.

— Nije ni bitno šta sam ja hteo da kažem. Šta ti to radiš, Ana? — i iz njegovog pogleda je izbijala odlučnost.

— Moraš biti konkretniji. I dalje ne shvatam.

— Čuj, Ana, znamo se, pa, bezmalo čitav život i ja neću da okolišam. Čujem da je taj čovek često kod tebe. Šta ti to znači i zbog čega to radiš? — iz glasa mu je izbijao jedva prikriveni gnev.

— Taj čovek?! — ovo je počinjalo da je ljuti. — Verovatno misliš na Ivana!

— Da, verovatno, ako se tako zove! Iskreno niti znam kako se zove, niti me to zanima. Za mene i on i njemu slični imaju samo jedno ime!

Anine oči su se širile od iznenađenja i neverice. Ne seća se kada je poslednji put videla Petra tako besnog.

— A to je?! Reci mi, Petre, da i ja znam, jer očigledno je da živim u neznanju. Kojim imenom ti nazivaš takve?

Petar ju je pogledao blago i duboko uzdahnuo. Da li je moguće da ona ne zna, da li je moguće da ona i ne sluti? Zagledao se u obronak udaljenog brda. Dokle sve čovekov pogled može da pukne, dokle sve seže, a ono što mu je ispred nosa često ne može da prepozna!

Anu je hvatalo nestrpljenje koje je još više potkrepljivao prizvuk bola u rođakovom oku.

— Petre, molim te!

Ponovo je uzdahnuo. Ovoga puta još dublje, kao da je hvatao zalet za najezdu onoga što treba da izrekne. Pogled mu je i dalje lutao vidokrugom. Polako je svojim glomaznim šakama obuhvatio njene ruke preko stola, a zatim i svojim širokim, tmurnim pogledom njen usplahireni, iščekujući modri pogled.

— Ana... Znaš da smo oduvek o svemu mogli da razgovaramo iskreno, bez ustezanja. Mnogo sam se obradovao kada sam čuo da dolaziš, mnogo, mada sam znao da razlozi tvog povratka ne mogu biti dobri. Sebično sam se radovao, uprkos tome, što ću te imati ovde, ponovo kraj sebe. Neki deo mene slutio je da ćeš se jednoga dana vratiti. Znao sam da nećeš prodati imanje. Znao sam da će jedan deo tebe uvek pripadati ovoj kući, ovom dvorištu...

— Petre, molim te!

— Sećaš li se dana kada si se vratila?

— Kako da se ne sećam? Ni puna godina nije prošla!

— Rekla si da ćeš da renoviraš kuću i ja sam se obradovao kao dete, sećaš se? A onda se istog trenutka ta radost pretvorila u strah. Uplašio sam se za tebe, Ana, moja Ana!

— Petre, hajde polako, ništa ne shvatam, kakve to veze ima sa...

— Uplašio sam se jer sam shvatio da će taj čovek živeti kraj tebe, jer će ti taj čovek biti najbliži! Hteo sam odmah da ti kažem, Ana, hteo sam, ali kada si mi ispričala sve što te je nagnalo da se vratiš, pomislio sam da ne treba da ti otvaram staru ranu. Onda sam poverovao da ćete se retko sretati, jer on izbegava sve. Pa sam poverovao da ga pri kratkom susretu nećeš ni prepoznati, on tebe još manje. I smirio sam se, Ana. A sada čujem da ste često zajedno, da se družite! Nisam znao šta da mislim, Ana! Ni sa kim se on ovde, sem s tobom, ne druži!

Skamenjeno je sedela preko puta njega. Modri pogled joj je postao zagasito vlažan. I lice joj je postajalo vlažno. Bolni krik se nemo izvijao preko njega. Otrgnu ruke iz njegovih.

— On je... Petre! On!

Skočio je i snažno je obujmio pokušavajući da je zaštiti od najezde bola.

— Oprosti, Ana, oprosti! Ne znam šta sam sve pomislio! Oprosti što ti odmah nisam rekao!

Njen bes je pokušavao da se otrgne iz njegovog zagrljaja koji je postajao sve čvršći. Ridala je udarajući ga nemoćno. Ljubio joj je kosu mokru od znoja i suza. A onda se najednom umirila i zagrlila ga drhtavo, ali čvrsto, jecajući poput deteta.

Sedeli su dugo tako sklupčani, ćuteći. Vidao ju je svojim sigurnim rukama, svojim umirujućim glasom, ali otvorena rana, krvožednija no ikad je zjapila kraj njih, spremna da ždere. Osećali su njen mučni, ustajali miris i jedno i drugo. Ana se plašila da bi mogla da se utopi u njoj pa se šćućureno držala Petrove ruke.

— Zašto, Petre? Zašto? — izdigla je svoj pogled ka njemu.

Nije joj odgovorio. Nije to ni očekivala. Šta bi mogao da joj uopšte kaže.

— Znaš, kad sam bila mala — nastavila je tihim glasom — bila sam mnogo tužna zbog roditelja i njihovih problema. Baka mi je ovde vidala rane. Tešila me je. Ne, zapravo, ta dobra starica me nije tešila. Učila me je da živim s tim. Tek sada shvatam. Nisam je tada razumela. Pričala je kako je i njoj bilo teško, kako je patila u detinjstvu, pa i posle u braku. Ispričala je da je svekrva žalila kada se udala za dedu. Da, žalila je, jer je znala da neće, da ne može biti srećna. Pričala joj je o zloj krvi, o zloj kobi koja prati sve žene u našoj porodici. I baka je stoički nosila svoj krst. Nije ga ispustila ni kada je izgubila svoje kćeri, nije ga ispuštala ni tokom svog mučnog života. I nikad nije krivila dedu. Prihvatila je njegovu narav i njegove postupke kao silu koja postoji nezavisno od njega, čoveka kojeg je volela. Mudra je bila ona. Videla je i u mojim detinjim očima senku tog krsta i pokušala je da meni, devojčici, objasni da je to nešto sa čim moram naučiti da živim, protiv čega se nikada neću izboriti. Nisam je shvatila tada. Sada shvatam. Samo, verovala sam da mogu da pobedim. Očajnički sam verovala da sam ja nešto drugo i da moram biti srećna. A moj krst me je strpljivo pratio i čekao. Kada bi mi se učinilo da sam ga se oslobodila, iskeženo bi mi pokazao svoje novo lice.

Šakama je obujmio njenu raščupanu glavu i smireno zario pogled u njenu dušu.

— Jaka si ti, Ana, jaka! Ti jesi nešto drugo, siguran sam.

Blagi osmeh je rasterao mračne senke sa njenog lica i prosuo se svud naokolo. Zagrlila ga je.

— Je l' da da jesam? — upitala je detinjastim tonom.

Samo joj je uzvratio osmeh i zagrlio je još čvršće.

Ana se lomila šta da uradi i kako da se postavi. Posle prve najezde bola, besa, očaja, uspela je da povrati svoju samokontrolu, uspela je da povrati samu sebe. Prelamali su se mogući potezi, moguće situacije, moguće reči u njenoj glavi. Na kraju ih je sve odbacila. Jedna misao joj je pomogla da vrati svoju snagu. Ivan nije bio sadašnja pretnja. Ivan nije bio sadašnja rana. Ivan nije sada mogao da je povredi. Sve što je bilo, više ne postoji. Ivan je bio šuškavac sa kojim je već dugo živela. Izlizani, stari šuškavac. Sad je dobila priliku da ga se reši trajno. Sad je dobila priliku da ga ubije i da ga pokopa zauvek. Treba samo pametno odigrati.

Prvo je odlučila da ni Oji, ni Svetislavu ništa ne govori, ali joj novootkrivena istina nije davala mira. Grickala ju je i tražila da bude podeljena. Svetislava je odmah odbacila. Nije znala kako bi on uopšte odreagovao. Oji je morala da kaže. Napisala joj je jedan duži mejl u kojem je do detalja opisala sve što se izdešavalo, ali i svoja osećanja povodom toga. U času kada je završavala svoju poruku kroz glavu joj je proletelo pitanje o kojem nije stigla da razmisli u prethodnom periodu. Da li Ivan zna ko je ona? Ako zna... Ledila ju je svaka pomisao. Vrteo se u glavi film njihovog upoznavanja, njihovih razgovora, njihovih susreta... Pred očima joj je titralo njegovo iskeženo lice. Da li zna? Nije mogla da zaključi. Pojavila bi se neka skorašnja slika, pa joj se činilo sigurnim, a onda bi se pojavila druga slika, pa joj se činilo nemogućim.

Postavila je sebi prvi zadatak. Mora to otkriti.

Iz mreže misli i planova je prenu odsečno zvono na vratima. Šta ako je on? Krv joj jurnu u lice, gromada vazduha zastade u grlu. Zvono se ponovi. Stajala je ukočeno na sredini sobe. No, iz ovog stanja paralisanosti je otrže pomisao da on nikada ne zvoni. On uvek čeka. Dođe i sedne. Tek tako. Ovo nije mogao biti on.

Potrča ka vratima i širom ih otvori unezverenim pokretom. Na njima je stajala Jela, devojčica iz komšiluka. Umilni devojčurak koji ju je gledao kao svoj uzor. Volela je da dolazi kod nje i da razgovara sa njom. Želela je da nauči da slika. Volela je da sluša o dalekom, velikom gradu i životu u njemu. Volela je i Anine priče o širokom, šarenom svetu. Gutala ih je širom otvorenih očiju iz kojih je vrcala želja da i ona jednom oseti taj neki drugi život, daleko od ovog zaboravljenog sela. Ana je prepoznala tu želju, pa je volela da vreme provodi sa ovom tek stasalom devojkom.

— Jelo! — odahnula je.

— Jesam li te prekinula u nečemu? — Jela je bila zbunjena njenim izgledom.

— Nisi, dušo, hajde, uđi. Samo sam malo... Samo malo nisam baš svoja.

— Ako ti ne odgovara, doći ću kasnije...

— Ne, samo ti uđi!

— Mogle smo sesti u dvorištu — devojčica je i dalje stajala neodlučno.

Ani kroz glavu prolete mogućnost da ih Ivan vidi na dvorištu i od nje joj celo telo zadrhta. Nije još bila spremna za susret sa njim.

— Uđi, dušo, unutra. Nešto nisam za svež vazduh.

Jela nesigurnim korakom uđe.

— Šta se dogodilo, teta Ana? Da li si dobro?

Ana se usiljeno nasmeši i pomilova je po kosi.

— Ništa, ne brini se. Loš trenutak samo.

— Ja sam samo htela da malo popričamo, ali ako je sad nezgodno možemo i drugi put — upitno je pogledala Anu pokušavajući da dokuči šta je to što je u potpunosti izmenilo njen izgled, šta je to što je od njene omiljene tete, starije drugarice načinilo stranca.

Ana je pokušavala da se smiri, da se usredsredi na trenutak, na devojčicu pored sebe.

— Imaš li ti to meni nešto bitno da kažeš? — upita kroz zaverenički osmeh.

Jela je još jednom osmotri krajičkom oka, a onda se njenim širokim licem razli blistava ozarenost.

— Pa, zapravo, imam!

Ana detinjasto pljesnu rukama i nasmeja se glasno.

— Pričaj, šta se to desilo!

I Jela je ushićeno počela da priča svoju ljubavnu pričicu. Ana je znala sve što se do sada dešavalo, i šta je on rekao, i šta je ona odgovorila, i šta je on uradio, i kako je ona postupila. Bila je nešto kao savetnik u toj maloj igri nevinog zavođenja. Bila je ovoj devojčici nešto kao glas razuma. I uživala je u toj ulozi. I sada joj je prijala priča o sinoćnjem susretu, o tajanstvenim pogledima, o slučajnim dodirima, o skrivenim rečima. Na tren je ispustila sopstveni teret. Dok je slušala devojčurka kako nadahnuto brblja, osetila je bezmernu želju da čuje Miju, da je zagrli, da je stisne najjače što može. Od ove želje joj zasuziše oči. Jela to primeti, pa zastade.

— Ana?

Ana brzim pokretom obrisa suze i pogleda u devojčicu.

— Ništa, dušo, ništa... Samo te slušam, pa mi jezivo nedostaje moja devojčica! I dečak! Ali, devojčice više brbljaju!

Jela je pogleda umilno i blago joj dodirnu obraz. Anino lice se iskrivi od naleta emocija i ona briznu u nezaustavljivi plač.

— Šta sam to uradila sa svojim životom? Šta? — grcala je Ana kroz suze koje je Jela brisala svojom mladalačkom predanošću. — Zašto sve mora da bude ovako teško? Htela sam samo svoj mir!

Obrnule su uloge tog prepodneva, pa je starija drugarica dobila svoju malu tešiteljku. Nije ona sve razumela, ali je shvatila da je teta-Ani jako teško, pa se potrudila da sluša, a da ne zapitkuje.

Te noći su Anu mučili košmari. Sve je u njima bilo ludački isprepletano, i likovi i događaji. Bili su tu Andrej i Mia, bili su i Svetislav, Ivan, Voldemor, otac, Oja, baka, Jela, Dušanka, doktor koji je kritikuje što ne misli o svome zdravlju. Svi su bili, ali su svi zalutali, omašili svoje priče. Probudila se negde pred zoru oblivena krupnim graškama znoja dok su joj pod kapcima još uvek titrale uvrnute scene nedovršenog sna. Umila se hladnom vodom ne bi li ih rasterala. Unosile su joj jeziv nemir u dušu. Jedino što je pokušavala čitav život je da se oslobodi tog nemira. Da li je moguće da nikad neće uspeti?

Skuvala je sebi veliku šolju kafe i sela kraj prozora. Razgrnula je zavese. Pred njom je pucalo praskozorje razliveno preko magličastih, širokih vidika. Posmatrala ih je mirno, a u svesti su joj se slagale slike sopstvenog života. Po prvi put je bila neutralni posmatrač.

Trgla se iz sopstvenog filma tek kada je dan uveliko odmakao. Ustala je i mirnim korakom odšetala do sobe u kojoj je držala svoja dovršena platna. Prelazila je blagim pokretom prstiju preko njih. Najzad je došla do onog koji je tražila. Šuškavci. Najmračnija od svih slika koje je naslikala, ali i najjača. Dobila je ponudu za nju, i to dobru ponudu, od jedne galerije, ali jednostavno je nije mogla dati. Sada je obujmila sliku rukama i hladnim, proračunatim pogledom zagledala svaki njen kutak, kao da je prvi put vidi. Odlučnim pokretima je iznela napolje. Postavila je stalak, a zatim na njega sliku. Prišla je stolu i odatle je odmerila. Nije bila zadovoljna uglom, pa je još malo pomerila stalak na desnu stranu. Još jednom je proverila. Da, to je bio pravi položaj. Bacila je pogled ka Ivanovoj kući koja se nazirala kroz šljivik. Nije bilo nikakvih znakova života, ali to nije bilo ništa iznenađujuće. On je uostalom uvek i živeo kao da ne živi.

Ostavila je platno kao mamac i ušla u kuću. Još par stvari je morala da obavi. Otvorila je svoj mejl. Poruka od Oje je čekala. Nije je mogla sad čitati. Ostavila je to za kasnije. Napisala je kratku poruku deci. Uobičajena pitanja koja svaka majka postavlja, gomila poljubaca i zagrljaja i poziv da dođu. Ovo je bio prvi put da ih zove. Imali su svoj ritam dolazaka. U početku je to bilo dosta često, vremenom je postalo ređe. Razvijali su svoje živote tamo i to je bilo očekivano. Nije želela da im naruši organizaciju tih života svojim uplitanjem, ni svojom sebičnom materinskom potrebom da ih vidi. I Svetislav je sa njom delio taj stav. Deca su znala od prvog dana da ih roditelji željno iščekuju, ali su dolazili kad su sami mogli ili želeli. Poslednji put su bili nakon njene operacije i zadržali su se duže od uobičajenog. Plašila se tada susreta sa njima, sve je učinila da bi ga sprečila, ali nije uspela. I prijala joj je njihova poseta. Njihovi laki jezici i veseli osmesi su je vratili u život. Kada je rešila da napusti Svetislava nije im to tako saopštila. Nije želela da ih uvlači u svoje lične drame i rasprsnuća sopstvene duše. Rekla je da neko vreme želi da se izoluje, da želi da obnovi kuću na selu, da želi da se posveti sebi i slikanju. Mia je bila malo sumnjičava, ali je ipak prihvatila njenu priču. Sada je želela da ih vidi. Sada je imala potrebu da sa njima podeli svoje priče.

Otvorila je prvu fioku na radnom stolu. Gomila papira, uglavnom računa je virkala iz nje. Protresla ih je nehajnim pokretom ruke i između njih se izmigoljio zaboravljeni mobilni telefon. Isključila ga je kada je došla na selo. Nije imala potrebu za njim. Tražila je mir, a on joj je delovao kao smetnja na tom putu. Gledala ga je par trenutaka neodlučno, a zatim ga je uključila. Zasvetlele su neonske boje displeja pred njenim očima. Zaboravila je kakvu draž imaju neoni. Brzo je ukucala par brojeva. Njeni prsti su uigrano poskakivali po tastaturi. Prislonila ga je bojažljivo na uho. Tišina. Pucketanje. Glas operatera. „Besplatno obaveštenje. Mobilni pretplatnik trenutno nije dostupan. Molim Vas pozovite kasnije. Free message...” Uzdahnula je i spustila telefon na sto. Nazvaće kasnije.

Ojina poruka je i dalje čekala. Pročitaće i nju kasnije. Sad joj je trebalo vazduha.

Izašla je žurno, a onda je na pragu zastala. Ivan je sedeo za stolom. Pušio je i hladnim pogledom promatrao njenu sliku. Nije je odmah primetio. To joj je dalo šansu da se pribere, da udahne duboko i nabaci neki uobičajeni izraz lica. Zagledala se u njega kao da ga prvi put vidi. Kratka, pepeljasta kosa je uokvirivala žilavo, oštro lice obraslo čekinjastom bradom, tek toliko da se ne može reći da je glatko. Pravilne crte lica, ali je bilo u njima ipak nečeg prepotentnog, odbojnog. I uopšte je imao takav stav, nadmen i zlokoban. Slika mu je očigledno privukla svu pažnju jer nijednim trzajem tela nije pokazao da ju je primetio. Vreme je da mu i ona privuče pažnju. Krenula je ka njemu sigurnim korakom.

Svetislav Jovanović je toga dana imao gomilu obaveza. Na njegovom odeljenju su preraspoređivali radna mesta i zaduženja, pa mu je čitavo jutro prošlo u sastancima. Nekoga bi to možda zamorilo i iscrpelo, ali ne i njega. Bio je od onih ljudi koji funkcionišu sve bolje što ih obaveze više pritiskaju, a što više rade, postaju sve efikasniji. Oduvek je bio takav, ali je to posebno dolazilo do izražaja otkada je Ana otišla. Popunjavao je svoju duševnu prazninu različitim aktivnostima. To mu je bio jedini način da preživi. Jučerašnji dan je uneo dodatni nemir. Zapravo, nije znao šta da misli. U poštanskom sandučetu je, između ostalih računa, bio i izveštaj iz Anine banke. Prvo ga nije otvorio. Nikad nije otvarao njenu poštu. Ostavio ga je da satima leži na stolu, ali beli koverat ga je sve vreme prizivao, pa je na kraju posustao. Otvorio ga je tek tako, da vidi samo. Ličilo mu je to na dodir sa Anom. Blag i jedva primetan, ali dodir. A onda ga je taj isti izveštaj potpuno zbunio. Već tri meseca nije dizala novac. Ni dinara. Račun je bio netaknut. Od čega je, kog đavola, živela?

Ušetao je u svoju kancelariju, uvalio se u prostranu kožnu fotelju i razlabavio kravatu. Skinuo je naočare i umorno protrljao oči. Sedeo je tako neko vreme zureći u jednu crnu mrlju na zidu. Iz ovog stanja ga trže oštro kucanje na vratima.

— Gospodine Jovanoviću, imamo intervenciju! Slučaj ubistva. Ekipa je krenula na teren.

Svetislav skoči sa svoje fotelje i žurno uze sako. U brzini udari njime o sto i iz džepa mu ispadoše ključevi i mobilni telefon. Opsova u sebi, sagnu se da ih dohvati i pođe za kolegom. Tek u kolima se seti da nije pogledao da li je telefon ostao čitav. Izvadi ga. Spoljašnjih znakova oštećenja nije bilo, ali je bio isključen. Pritisnu dugme. Interventna kola su jurila ulicama velegrada praćena razornim zvukom sirene. Displej zasvetli. Istog trena se seti da je telefon isključio još jutros pre prvog sastanka. Oseti olakšanje i vrati ga u džep svog sakoa, no telefon odmah zapišta. Poruka. Jedna, druga, treća... Nije sada imao vremena za poruke. Morao se usredsrediti na slučaj. Sve se više samoubistava i ubistava dešavalo. Očigledno da su se ljudi sve teže borili sa životom. A on je sve teže podnosio ove slučaje nasilja i samonasilja. Možda je vreme da potraži premeštaj. Možda je vreme da i on potraži svoj mir, kao Ana.

23

Ivan se čudno trgao ugledavši Anu ispred sebe. Nije je primetio. Kao da je tu izronila niotkuda. I bila je nekako drugačija, pogled joj nije bio onako modar. Isijavala je iz njega neka nepoznata zaleđena odlučnost. I lice joj je dobilo neke oštre crte. I prišla mu je previše blizu, kao da mu se unela u lice. Žmarci su mu prostrujali kroz sve mišiće, zgrčili ih. I dah mu je postao nepristupačan. Nije bio siguran od čega, da li od studi koja je izbijala iz nje ili od njene nepodnošljive blizine. Ova žena je imala sto lica! Svaki put kada bi je video bila je neko nov, a to je u Ivanu budilo neverovatnu želju da je poseduje. Jedva se suzdržavao da je ne zgrabi, da je ne ščepa svojim ukrućenim šakama, da je ne zdrobi, da je ne pretvori u prašinu, u svoj dah. Osetio je i kako mu pogled postaje krvoločan, zverski, a ona uporno stoji ispred njega ne mičući se, ne trepćući, ne odustajući od svog pogleda. Šta ona to uopšte pokušava, šta želi? Snaga mu je bila na izmaku. Još tren i neće uspeti da zaustavi svoje telo u razornoj napetosti. Još tren i...

Ulazna kapija zaškripa. Hladan znoj obli Ivanovo nabreklo lice. I Anino ledeno. Njihova skamenjena tela uperiše svoje izgubljene poglede ka stazi na kojoj se pojavi blaga Jelina silueta. Jela zastade zbunjena njihovim pogledima, zbunjena scenom koju je zatekla. Bezbrižni, laki smešak poče da iščezava sa njenih usana. No, Ani pogled na dragu devojku vrati prisebnost.

— Jelo, ti si, hajde!

Jela se neprijatno osmehnu. Ivanov izbezumljeni pogled ju je i dalje fiksirao. Ana krenu ka njoj šireći ruke.

— Hajde, dušo, hajde, baš sam htela da skuvam kafu!

Jela oseti potrebu da se okrene i ode, ali joj se to učini neprimernim, pa nastavi ka stolu neodlučno.

— Sedi ti, sad ću ja! — iz Aninog glasa je izbijala nervoza.

Devojčica je pogleda molećivo i skrušeno. Ana u trenu shvati da joj je verovatno neprijatno da ostane sama sa Ivanom, pa umesto da ode u kuću nastavi prisilno veselo da ćereta oko njih. Jelin pogled se zakači za sliku.

— Šta je ovo? Ovo je nešto novo? — upita ona znatiželjno.

Ana pogleda značajno u Ivana koji je bezglasno i ošamućeno sedeo, a potom se blago osmehnu devojci.

— Nije novo. To je nešto jako staro, ali je, eto, poželelo da ugleda svetlost dana.

— Nisam je videla nikada ranije.

Svi su ispitivački gledali u sliku.

Ana se nasmeja. Čak je i Jeli njen smeh izgledao zastrašujuće.

— Nije ona od onih slika koje se pokazuju odmah. Ona je više za skrivene prostorije.

— Mračna je. I strašna je. Ne liči ni na jednu drugu tvoju sliku — bilo je i zabrinutosti u Jelinom glasu i pogledu.

— Jeste, dušo, mračna i strašna, ali je ipak moja!

— A šta ona to predstavlja?

Ana napravi čudni zaokret i njeno telo i lice se izviše teatralno.

— Tanana! Neću vam odmah reći, hajde da vidim vas! Šta mislite da je na njoj naslikano?

Gledali su zamišljeno u sliku, a Ana je šarala po njihovim licima. Posebno ju je zanimalo Ivanovo. Sa njega je želela da pročita svaku misao. Šta će njemu značiti njeni šuškavci? Hoće li ih prepoznati? Hoće li pronaći sebe u njima? On se samo usiljeno smeškao zauzimajući dubokomisaoni izraz lica.

— Dobro, treba vam vremena! Dok vi pokušavate da odgonetnete šta je slikar hteo reći, ja ću otići da skuvam tu kafu.

Ostavila ih je i odlepršala u kuću. Jela ju je iznenadila, ali se ipak nije sve otrglo kontroli. Još samo devojčicu da isprati kući, a njega da zadrži.

Satima je već pokušavala da dobije Svetislava. Satima joj Ana nije odgovorila na poruku. Znala je da tamo ne koristi mobilni telefon, ali je ipak pokušavala da je dobije. Da strepnja bude veća, on je u jednom momentu počeo da zvoni. Bila je dostupna, ali se nije javljala. Šta bi tek to trebalo da znači? Loše predosećanje ju je razjedalo. Poslednji mejl kao da nije napisala njena prijateljica. Nije bilo nje u rečima koje su se nizale. Strahovala je Oja, a različite mogućnosti su joj rovarile po umu. Najviše ju je plašilo što nijedna od njih nije bila nimalo dobra. Nervozno je gužvala papirnu maramicu jednom rukom, dok iz druge nije ispuštala beživotni telefon. Čekanje joj je samo dodavalo teret. Moraće sama krenuti. Ne može se smiriti dok ne vidi prijateljicu. Skočila je, bacila telefon na krevet i jurišajući raskrilila orman. Pokupila je prvo što joj se našlo pod šakama i ne gledajući šta je uzela odjurila u kupatilo. Dok su se tople kapi vode slivale niz njeno telo, njene misli su već hrlile autoputem. Prelamale su se u njoj žudnja da vidi prijateljicu i strepnja da će zakasniti. Teško je u njihovoj mreži disala Oja.

Naškrabala je par reči sinu, da se ne brine, da ne zna kada će se vratiti i slično. Nije ni mislila da bi se on brinuo, štaviše, bila je sigurna da mu prija kada ona nije tu, ali je samohrana majka u njoj bila večno budna. Ključevi, dokumenta, telefon, novac. To bi bilo to.

Izašla je iz kuće sa velikim poslužavnikom u rukama. Slika koju je zatekla joj je sledila krv. Jela je stajala ispred platna i posmatrala ga, a Ivan je bio tik iza nje. Njegov pogled nije bio usmeren na platno, nego na biserni vrat devojčice. I njegova glava se jedva primetno približavala tom vratu. Ana je skoro mogla da čuje njegov duboki unezvereni dah, skoro da je mogla da oseti krv koja devojčici udara u lice od tog dahtanja. I njoj je krv jurnula u glavu parališući joj misli i pokrete. Ruka joj se zatrese. Zazveketaše šoljice i čaše na poslužavniku, izmešaše se tečnosti na njemu. Ispusti uzvik negodovanja od kog se njeni posetioci zbunjeno prenuše. Pogleda ih ljutito, a zatim se vrati nazad u kuću. Ubrzanim pokretima je izvukla salvetu iz fioke i obrisala potoke kafe i soka koji su se slivali po poslužavniku. Razliše se tamne boje po belom platnu. Podsetiše je na sasušenu, ustajalu krv. Pred njom se stvori slika jedne zaboravljene dečje haljine od belog lana, iscepane i umrljane istim takvim bojama. Teško je disala, teško je mislila, teški su joj bili pokreti. I pogled joj je bio mutan, kao da je neko izmešao sve boje sveta. Drhtavom rukom otvori drugu fioku i iz nje izvuče nož, tanak i sjajan. Pogleda ga odmeravajući mu oštrinu i zastade u tom pogledu, odmeravajući svoju snagu. Gurnu ga u džep svoje široke suknje pa nervozno pohrli na dvorište.

Žuta traka je okruživala omanju, oronulu kuću šćućurenu u senci okolnih solitera. Slučajni i namerni prolaznici su zastajali na trotoaru pokušavajući svojim znatiželjnim pogledima da dokuče šta se to desilo. Mladi policajci su se razmileli po skromnom dvorištu čekajući uputstva. Svetislav je iskočio iz službenog automobila. Lice mu je bilo stegnuto hladnim grčem. Samo neko ko bi ga dobro zagledao mogao bi primetiti kako mu očne jabučice prave čudan zaokret ispod tankih stakala naočara. Telefon u njegovom džepu nije prestajao da zvoni. Ignorisao ga je. Nije voleo da ga nešto ometa dok radi. I uvek je tako bilo. Bio je od onih ljudi koji mogu da se koncentrišu samo na jednu stvar. Bio je od onih ljudi koji su sve što rade, radili detaljno, perfektno, a to je bilo moguće samo ukoliko bi ostatak sveta u trenucima rada prestao da postoji. Ljudi su brzo prihvatali ovu njegovu osobinu, pa ga nisu uznemiravali bespotrebno. Uostalom, svi koji su ga znali, znali su da će se javiti čim bude u prilici za to. Ovaj neko ko je zvao ili je imao jak razlog da ne odustane, ili nije dovoljno poznavao Svetislava Jovanovića. Izvadio je telefon iz džepa. Nije mu preostalo ništa drugo no da ga ponovo isključi. No, pogled na displej mu zaustavi korak. Oja! Šta se, zaboga, dešava? Stajao je na pragu mesta zločina. Hladan znoj je krenuo da mu se sliva niz lice. Oja ga nije zvala otkada je Ana otišla. Očne jabučice su se sledile u neprirodnom položaju. Prislonio je telefon na uho.

— Da?

Sa druge strane prvo tišina isprekidana šuštanjem. Zvuk motora.

— Svetislave, hvala Bogu! — glas joj je bio isprekidan, usplahiren, ali je mogao da oseti blago olakšanje u njemu.

— Šta se dešava, Oja?

— Svetislave... Ana... Zovem te celo jutro. Već sam izgubila nadu da ću te dobiti...

— Govori, Oja! Ana, šta? — viknuo je nesvestan zbunjenih pogleda policajaca oko sebe.

— Mislim da je u problemu, Svetislave. Ja sam krenula tamo.

— Kakvom problemu, Oja? Šta se dešava? Da li je ona dobro?

— Smiri se prvo. Dobro je. Valjda se nije ništa dogodilo — nije uspeo njen glas da ga ubedi da nema mesta panici.

— Valjda? Oja, o čemu pričaš? Šta može da se dogodi?

— O, Svetislave, ne znam odakle da počnem...

Ćutao je nesvestan vremena i prostora. Onako, na vratima zakrčio je put ekipi hitne pomoći. Nije ih čuo kada su ga zamolili da se pomeri. Nije osetio da su ga blago odgurnuli ne bi li ušli u kuću.

— Jedan od onih momaka, znaš onih... Ana je saznala da joj je on prvi komšija... A dru...

— Kojih momaka?

Da li je on to propustio neki deo? O kakvim momcima ona, do đavola, priča?

— Svetislave, onih momaka što su je silovali!

Preseče ga njena rečenica.

— Otkud...

— Svetislave, mislim da je ona nešto naumila, a i on joj se čudno približavao prethodnih dana! Plašim se! Mislim da nije sva svoja.

U glavi poče da mu se odvija film mogućih događaja. Nije Ana bila sposobna da se nosi sa tim, znao je.

— Gde si ti sada?

— Na autoputu. Krenula sam pre nekih sat vremena. Nisam sigurna ni kako ću se snaći, ali idem, pa kako bude.

— Krećem i ja. Čućemo se.

Prelista poruke na telefonu. Propušteni pozivi. Sad zna i od koga su bili. Dugo je bio nedostupan. Pogled mu se skameni kad među gomilom Ojinih poziva ugleda dobro znani broj. Zvala ga je. Ana ga je zvala, a rekla je da neće koristiti telefon. Panično okrenu njen broj. Sa druge strane se začu otegnuto zvono. Javi se, hajde! No, nije bilo odgovora. Ponovi poziv. Samo da se javi, da joj čuje glas. Gde si, Ana?! Besmisleno je bilo gubiti vreme. Mora krenuti.

Okrenu se i oštrim korakom krenu ka ulici. Policajci su ga gledali začuđeno, ne shvatajući šta se dešava. Nikad ga nisu videli takvog. Da li to on, Svetislav Jovanović, napušta mesto zločina? On, koji nikada nije dozvoljavao ni sebi, a ni drugima, ni najmanju trunku privatnosti i slobode na radnom mestu.

Već je bio na kapiji kad ga sustiže glas jednog od njih. Okrenu se zaustavljen njime.

— Inspektore! Čekaju Vas!

U njegovom pogledu zaiskri nešto nalik na buđenje. Čekaju njega! Ani je potrebniji. Mogu oni i bez njega!

— Počnite vi. Moram da idem — zastao je na trenutak. — Sad ću pozvati inspektora Stankovića da dođe.

Policajac je ostao i zapanjeno gledao svog pretpostavljenog kako uleće u službeni automobil i odlazi. Kuda, nije mogao ni da nasluti, ali očigledno da je bilo vrlo hitno.

27

Ana se vratila i začuđujuće spokojno poslužila svoje goste. I jedno i drugo su primetili nepoznati izraz na njenom licu, ali nisu ništa pitali. I jedno i drugo su bili svedoci da ona ima više lica. Ivan je napeto slutio da mnoga od njih još nije video. To ga je na neki neobjašnjiv način duboko uzbuđivalo.

— E, da vidimo! Imate malo trapavu domaćicu koja vam je, zahvaljujući svojoj spretnosti, dala više vremena za razmišljanje. Ostaće tajna da li je ona to namerno uradila kako biste vi više vremena posvetili njenom delu. Jeste li pronašli svoje reči za moju sliku?

Ivanovo lice se izvilo u nešto što bi se moglo nazvati krutim smeškom, dok je Jela delovala pokunjeno.

— Meni je slika nekako puna bola, teta Ana. Teška je i mučna. Ne liči mi na tebe. Ove ruke mi deluju nasilno, a ovi zubi neumoljivo. Žena je bespomoćna. Ne znam... Nemoj se ljutiti, ali mi se ne sviđa. Ja volim tvoje lepe i vedre slike.

Ana se nasmejala i pomilovala Jelu po ruci blago.

— Ne ljutim se, dušo! Tebi i ne treba da se svide mračne stvari. Samo, svet je čudna tvorevina. Želimo da se sastoji samo od lepih slika, ali uz njih obavezno idu i one druge. Bitno je ne pustiti ih da preovladaju. Slikar, pa i ovakav, mali, kao ja, promatra taj svet, osluškuje ga, krade spektre njegovih boja i beleži ih. Tako je bilo i sa ovom slikom. Spektar boja i osećanja jednog trenutka. I u pravu si, bolnog i teškog trenutka.

Njen pogled je odlutao do slike i u susretu sa njom iznenadno postao vlažan. Stajao je tamo neko vreme skrušeno, a zatim se neverovatnom hitrinom uputio ka Ivanu. Ona vlažnost se u momentu zlokobno zaledila, ali je ispod nje izbila drskost. Odlučna i hirovita drskost.

— A ti, komšija moj dragi, jesi li ti odgonetnuo moju sliku?

Osetio je da je njen glas dobio neku ironičnu notu. Osetio je da je i njen pogled višeslojan. I shvatio je on to na način na koji mu je odgovaralo. Čačkala ga je, poigravala se. Želi da bude uhvaćena. Pružiće joj on to što traži, samo da se ova mala skloni, mada, što se njega tiče, ni ona mu ne bi smetala. Probao je on mnogo toga u životu. Ne sluti gospođa u šta se upustila. Uzvratio joj je pogled istom merom, a zatim se okrenuo ka slici vrteći, stiskajući cigaretu svojim zgrčenim prstima.

— Meni slika nije mračna. Dobra je. Bolja od drugih.

— Možeš ti to i bolje, sigurna sam — nije Ana bila zadovoljna odgovorom. — Reci mi šta vidiš na njoj? Šta ti je to dobro?

— E, sad nisam ti ja neki vajan poznavalac slika. Ali, eto, puna mi je erotike.

Jela se zacrvene i pognu glavu. Ana ga pogleda zainteresovano.

— Erotike?

— Da, erotike! — pogledao je značajno. — I strasti. Strast je tamna. I bolna je, bar za neke — iz njegovih očiju je zjapila ogromna, proždiruća studen u kojoj se mogao naslutiti odjek nekog nečujnog manijakalnog smeha. — Mislim da si je naslikala posle dobrog seksa.

Fiksirao ju je pogledom pred kojim Ana ustuknu, ali na mah samo.

Jelino lice postade purpurno i ona sramežljivo skoči. Nije znala šta će sa rukama, sa nogama. Jedino što je znala je bilo da mora istog trenutka da ode odavde. Plašio je ovaj čovek i nije joj bilo jasno šta teta Ana uopšte ima sa njim. Ni nju sada nije mogla da prepozna. Njih dvoje su toliko čvrsto upleli poglede da je skoro mogla videti, dodirnuti tu mrežu. Nisu ni primetili da je ustala.

— Ja bih morala poći — izgovori jedva čujno.

Nije se Ana odmah osvrnula na ove njene reči. Nije se uopšte osvrnula, samo je posle par trenutaka izgovorila hladno „dobro, dušo". Jela je neodlučno stajala, a zatim je uvidevši da je nepoželjna, hitro krenula ka kapiji. Anine odsutne, mehaničke reči su pokrenule lavinu straha i jeze u njoj. Skoro da je istrčala gonjena tom lavinom.

28

Vozila je nervozno, gonjena strepnjom i lošim predosećanjem. Pokušavala je da zauzda svoje misli i svoju pažnju. Put je bio pred njom. Zar je moralo to selo biti baš u Bosni? Da je bar bliže. Ovako su još dobra dva-tri sata vožnje bila pred njom. Nije smela ni da razmišlja o tome da nikad nije putovala u te krajeve, da ne poznaje teren. Autokarta je stajala raširena na suvozačkom sedištu. Ne bi trebalo da bude problema. Samo, kako selo, kako kuću da pronađe? Ali, o tome će misliti kada bude stigla. Valjda će joj neko reći. A šta ako je njen strah nepotreban, šta ako su njene slutnje besmislene? Kako će to doživeti Ana? Još kad vidi Svetislava... Objasniće joj. Reći će joj da su se mnogo uplašili, da su morali da je vide... Pa, sve i da se ljuti, samo neka bude tako. Glas spikerke sa radija je uporno nešto pričao. Pokušavala je da čuje šta, ali nije uspevala da poveže njene reči. Previše je bila rastrzana, toliko rastrzana da nije u prvom trenutku ni registrovala da joj je mobilni telefon zazvonio. Utopilo se njegovo zvono u izmešane zvuke radija i motora. Svetislav. Laknulo joj je.

— Gde si, Oja?

Pogledala je ispred sebe. Brda, šume, magistralni put, poneka kuća kraj njega, sa desne strane skrivena u baršunastom rastinju reka Drina.

— Nisam sigurna. Pretpostavljam negde blizu granice. Negde kraj Drine, u svakom slučaju.

— OK. Kad budeš videla neki znak, javi, da znam. Rekao bih da nisam mnogo iza tebe.

— Važi. Čekala bih te, ali...

— Samo ti idi. Možda te i stignem. Ako bude problema, čekaj! Nakon granice hvataj put za Tuzlu, odatle za Banoviće. Trebalo bi da su dobri putevi.

— Nadam se — izgovorila je uzdišući. — Čujemo se.

Sa druge strane je zašuštalo.

— Svetislave?

— Da... Oja, zapravo, hteo sam još nešto da ti kažem — iz isprekidanog glasa mu je izbijala prikrivena zabrinutost.

— Šta, Svetislave? Nešto se desilo?

— Zapravo, da — usiljeno se nakašljao. — Imam propušten poziv od Ane — zaćutao je kao da čeka njenu reakciju, no ona je bila previše zatečena novim saznanjem da bi mogla odmah odreagovati. — Oja?

— Tu sam, tu sam, Svetislave. Kad te je zvala?

— Jutros, oko deset. Telefon mi je bio isključen. Uostalom, znaš, i ti si me zvala. Pokušao sam da je dobijem. Zvoni, ali se ne javlja.

— Zvala te je. Zato je uključila telefon. Nije dobro, Svetislave, nije...

— Nemoj sada tako razmišljati. Možda je onako... Možda je... Uostalom, videćemo — hteo je da kaže da je možda tek tako osetila potrebu da ga čuje, ali je i njemu samom to zazvučalo glupo i neverovatno, pa je progutao svoje reči.

— Evo ga granični prelaz. Šepak. Mogu li tu? — začuo je Ojin glas.

— Možeš. I ja ću onda na taj. Tu sam, nekih pola sata iza tebe.

29

— E, pa... pošto ti jedini možeš da shvatiš značenje moje slike, pokloniću ti je! Tvoja je, Ivane!

Iskrivilo mu se široko lice pod naletom želje, pred slutnjom da će ta ista želja uskoro i da se ostvari.

— Znači, pogodio sam! — izbacio je veliki kolut dima ka njenom licu.

— Nego šta, nego si pogodio!

Nadmenost je izobličila žile na njegovom licu, nekako ih naduvala.

— Još ću postati slikarski ekspert. Dosad sam bio samo ekspert za žene.

Njegove reči su tražile reakciju na njenom licu.

— E, pa, komšija moj dragi, kod mene si i za jedno i za drugo na mestu broj jedan.

Nije shvatio, ali nije mu ni bilo bitno. Dopadala mu se ova njena igra vatre i leda. Hladan ton, pogled koji ledi, i strast koja izbija iz svake njene pore.

— Istina, kao što znaš, deliš to prvo mesto sa još nekima — glas joj je podrhtavao — no, šta ćeš, prvo mesto je ipak prvo!

Ostao je u vazduhu obris njenog nečujnog kikota. Raskalašnog, pomislio je Ivan. Neurotičnog, pomislio bi svako drugi. Gutao ju je pogledom sa druge strane stola. Čekao je samo pravi trenutak. Znao je da se bliži.

Tišina je zaledila vreme između njih. Osmatrali su se kroz mrežu sila, krvožednih i raspaljenih strasti. Potpuno drugačijih, ali neumitnih.

Ana ustade sa svoje klupe. Nemo se udalji par koraka. Okrete se par puta oko sebe držeći šakama nabore svoje široke suknje. Zastade, skide šnalu sa kose i baci je u travu zabacujući glavu na levu stranu. Cigareta ispade iz njegove ruke. Ona se zasmeja glasno i zaroni u njegove paralisane oči.

— Jesam li ti privlačna?

Nije uspeo da odgovori od grumena vazduha koji mu je zastao negde kod jabučice, ali njegova glava načini kratke trzaje u znak odobravanja.

— Reci, sigurno jesam, mada ti... ti voliš dosta mlađe, rekla bih.

Prilazila mu je laganim korakom. Suviše laganim. Toliko laganim da je njegovo srce krenulo da poskače ne bi li ga ubrzalo. Rukom je bezobrazno zbacila bretelu sa svog desnog ramena. Pogled nije skretala. Podiže malo krajeve suknje i pope se na klupu, a zatim i na sto. Stade tik ispred njega u svoj svojoj raskoši. On je gubio bitku sa sopstvenim dahom. Kuljao je iz njega u najezdama. Telo je bilo nemoćno da se bori sa njim. Bio je to dah stvoren za neke mnogo krupnije zveri. Ona se jednim pokretom spusti na kolena, a zatim približi svoje lice njegovom. Osetio je njen uzavreli dah. Zapahnu ga njen mekani miris. Pređe svojim prstom po obrisima njegovog lica. Zgrči se svaka pora na njegovom telu od ovog dodira. Jedva se suzdržao da ne ustukne pred njim.

— Ćutiš, a?

Izmaknu se malo, protrese zastali dah u grlu i napreže se da progovori.

— Ništa ni tebi ne fali — glas mu je bio hrapav, prigušen.

— Nisi mi odgovorio, privlačim li te? — njeni prsti su se i dalje šetali po njegovoj čekinjastoj koži, a iz sablasno modrih očiju je izbijala drskost.

— Da... — izlete iz njega, a da nije ni bio svestan toga.

— Šta te to privlači?

Ćutao je. Nije valjda planirala da nastavi ovu svoju igru ispitivanja. Pogledala ga je nepopustljivo, a zatim je svoj pogled skrenula na njegovu čekinjastu bradu prateći svoj kažiprst, kao da želi da svaki pregib njegovog lica, svaku njegovu poru ispita. A onda je iznenada spustila i prst i pogled.

— Znaš li ti ko sam ja, Ivane? — upitala je duboko uzdišući.

— Dovoljno znam — verovao je da ona nastavlja svoju igru zavođenja.

U momentu mu se učini da je razočarana njegovim odgovorom. Šta mu ova žena radi! Dosad je uvek on vukao konce, postavljao pravila, a ona ga je bez bilo kakvog napora pretvorila u roba, poslušnog i pitomog. Pretvorila ga je u ono što nikada nije ni slutio da može biti.

— Ne znaš ti ništa, Ivane! Veruješ svojim očima i svojoj želji! Uostalom, ne bi nikako ni mogao da znaš, pošto je to nemoguće znati. Ne znam ni ja sama. Juče sam bila jedno, danas sam drugo, a sutra, videćemo već.

— E, pusti ta tvoja filozofska sranja! Nisam ti ja za te priče, nego... — krenuo je lagano telom ka njoj. Hitrim pokretom ruke je izvukla nož iz svoga džepa i prislonila mu ga pravo na grkljan, a da nije ni primetio. Ustuknuo je prenera žen.

— Vidiš da ne znaš — procedila je kroz zube.

— Hej, hej, to su već malo grublje igre! — prosiktao je dok mu se hladan znoj slivao niz stegnute veđe.

Odakle joj sad taj vražji nož?!

— Da se nisi mrdnuo... Vidiš da ima mnogo toga što treba da saznaš o meni.

Opasna žena. Ovo stvarno nije očekivao. Nikad nije sreo ženu koja je igrala na ovaj način. U trenu je pomislio da stvarno želi da ga ubije. Voleo je grube igre. Osećaj da je sada on onaj slabiji mu je probudio i nadražio sva čula. Nikad nije nešto tako osetio.

— Pa, opasna, tajanstvena ženo, kreni da mi otkrivaš svoje tajne. Čini se da ih ima mnogo. Nije mi do čekanja — ton mu je bio zvaničan, skoro svečan, ali se u njegovoj pozadini moglo osetiti glasno kucanje nestrpljenja.

Ana je udaljila glavu od njegove. I dalje je sedela na svojim kolenima na stolu. Nož, tanak i sjajan, je razbacivao odbleske sunca po senovitom lozoviku.

— Rekao si da sam ti privlačna — prelazila je oštricom noža po obrisima njegovog lica — a sad mi reci šta ti se to najviše dopada na meni.

Sve su žene na kraju krajeva iste. Sve žele hvalospeve svojoj lepoti i privlačnosti, samo što su različiti načini na koje ih traže. Nije on bio od tih koji su ih pružali.

— Moram da te osmotrim malo bolje — iskezi joj se.

Pogledala ga je superiornim pogledom.

— Ne mrdaj odatle! Dobro gađam nožem!

On se nasmeja nehajno. Ovo je kao trebalo da bude duhovito. Ona skoči sa stola i ode do platna. Zašto mu se čini da mu se seks udaljava?

— Vidiš ovu sliku? Bio si u pravu. Seks je na njoj. Ona predstavlja najvažniji seks u mom životu, seks koji je obeležio sve ostalo. Obojio je moj život tmurnim bojama, što reče Jela bojama bola i tame, ili kao što si ti rekao, bojama strasti. Dođe mu na isto. Prava strast je i bol, i tumaranje mračnim hodnicima duše.

Zakolutao je očima na njenu poslednju rečenicu.

— A vidiš li sebe na njoj, Ivane? Evo te! Ovo je tvoja ruka!

Gledao je u nju zbunjeno. Da li mu se čini ili je ova žena zaista izgubila razum?

— Šta? Sad ćeš mi još reći da imaš proročke moći? Hahaha!

Ljutito se trgla na ovaj njegov smeh.

— Ne proročke... ne...

Nožem je oštro zaparala po platnu. Rezak zvuk pucanja je ispunio ustajali popodnevni vazduh između njih. Pogled joj je bio ludački vlažan.

— Ko bi rekao da je to tako lako? Jedan pokret, mali i lagan i nema najtežeg dela u mom životu! — osmehnula se gledajući raspuknuto platno.

— E, idem ja! Ovo postaje uvrnuto — izgovorio je iznervirano i skočio sa klupe.

Ana se okrete i polete ka njemu. Nije ga smela izgubiti. Ne sada!

— Nemoj, nemoj još. Propustićeš najbolji deo — pogleda ga i njeno lice namah poprimi molećivi, dečji izraz. — Samo sam mislila da ti voliš uvrnute stvari!

Ivan se pokoleba pred njenim napućenim usnama. Neki unutrašnji osećaj mu je govorio da ipak treba da ode, da ovde nešto nije u redu, da neće biti onako kako on očekuje. Sa druge strane, ako ode, nikada neće saznati šta je ova žena htela. Nikada mu se neće pružiti ovakva prilika, u to je bio siguran.

Uhvati ga polako za okovratnik i vrati na klupu nameštajući se opet ispred njega. Poslušno je seo.

— Nisi mi rekao šta ti se najviše dopada na meni.

Dobro je, situacija ponovo poprima željeni tok.

— Najviše? Pa, recimo grudi. Žena bez grudi za mene nije žena.

Njegov pogled se požudno zalepio za njenu pripijenu majicu.

— Grudi, kažeš! Rekoh ti da ništa nije onako kako izgleda. Pogledaj kako oči i želje umeju da prevare, da pruže lažnu sliku — skoro da je šaputala prelazeći prstima preko njegovog lica.

Njegove ruke obuhvatiše njena bedra. Mogao je da oseti napetost mišića kroz tanko platno široke, letnje suknje. Zamuti mu se vid, zamuti mu se dah, zamuti mu se razum. Ona se izvi iznad njega i nožem preseče bretelu svoje majice. On podiže pogled. Majica skliznu sa levog ramena i pred njim iziče savršeni obris njene leve dojke. On krenu glavom ka njemu, no ona ga blago odgurnu.

— Sačekaj malo — učinilo mu se da je prošaputala.

Šta sada hoće? Ne može više čekati. Nema šta više da čeka! No, ona blago pređe vrhom noža preko ivica njegovog lica, a zatim hitro preseče i desnu bretelu. On ispusti glasan groptaj. Ona začeprka rukama nešto na svojim leđima. Grudnjak. Tako, sve će skinuti da ne mora on da se muči. Njena ruka se izvi visoko iznad njega. Bacila je grudnjak. Učini mu se da sa njim odlete i nešto oblo, nalik na dojku. Šta mu to radi ova čudna žena? Da li će mu se zbog nje još pričinjavati da sise lete okolo? Sve sprege što su držale njegovo telo popucaše i snaga ga povuče ka njoj, ali se zaledi u jednom treptaju oka. Šta je ovo, kog đavola! Desna strana njenog tela je bila ravna. Na mestu na kom je trebalo da bude dojka, bili su samo tragovi reza. Crveni tragovi. Ružni tragovi. Učini mu se da će pasti. Učini mu se da je izgubio razum. Paralisan, nije ni primetio da se vrh noža ponovo našao na njegovom vratu.

30

Jela nije mogla da se smiri od kada se vratila od Ane. Šta god da je radila pred oči joj je izlazio Anin lik. Smenjivala se scena nasmejane i drage Ane sa scenom njenog zamagljenog pogleda upletenog sa Ivanovim. I taj čovek, strašan je i grozan. Kao neki manijak. Učinilo joj se da je osetila njegov nabrekli dah dok je posmatrala sliku. Možda greši, možda joj se samo učinilo, možda joj je jednostavno i suviše blizu prišao. Kako god, nije joj bilo prijatno. I šta Ana radi sa tim čovekom? Ljudi su svašta pričali. Nije im verovala. Ivana niko nije voleo. Doselio se kao stranac, ostao stranac. A Ana, ona je dobra prema svima. Verovala je Jela da je dobrota nagnala da se druži, zbliži sa Ivanom, ali ovo danas nije tako izgledalo. Koliko god pokušavala da skrene misli na uobičajene aktivnosti, parao ih je ton Aninog glasa. „Dobro, dušo." Hladan, odsutan, zlokoban ton. Ne, to nije bila Ana koju je ona upoznala, koju je zavolela, koja je uvek i za sve imala razumevanja. Da li su ipak tačne zlobne priče seljana? Možda ipak postoji nešto između njih dvoje. Ne, to se nije uklapalo u sve ono što je ona znala o svojoj prijateljici! Ne bi ona sa njim!

Uvidevši da se ne može osloboditi potmulog, lošeg predosećaja, Jela odluči da ode da se prošeta do reke. Možda će joj šetnja razbistriti um, a možda i sretne nekog, pa će skrenuti misli sa čudnog događaja kod Ane.

Hodala je po šljunkovitoj obali. Sunce je i dalje neumitno vladalo. Goluždravo, iskrivljeno šiblje je bacalo titrave sene. U daljini su se čuli veseli uzvici kupača. Sitni kamenčići su joj upadali u papuče. Nije ih vadila. Nisu joj smetali. Zastade kraj nepravilne, crvenkaste stene na samoj obali. Sede na nju. Njena stopala su se poigravala ustajalom, mlakom vodom plićaka. Gledala je reku. I reka je gledala nju. Beskrajni tok, kao i sam život. Postoje mirni delovi, postoje brzaci, postoje virovi. I brane, prirodne i veštačke. Izvor na početku, ušće na kraju. Od njih, ali i od područja kojim teče, zavisi sama sudbina vode, zavise njene karakteristike. Kakav li će njen tok biti? Nije mogla još ni da nasluti. Želela je samo da raširi krila i poleti slobodno, ali zar to nisu želeli svi? Zašto je Ana došla ovde kad je sve govorilo da je imala ispunjen i lep život u Beogradu? Pola sveta je obišla, a vratila se sada ovde i lomi se tamo sa nekim Ivanom, otuđenim i od sebe samog? Dozvoljava da je gleda onako pokvareno, ona, žena koja je za svaku reč imala po neku beskrajnu priču. I smeška mu se iskrivljeno i hladno, ona, žena pred čijim osmehom padaju tvrđave. Šta se to uopšte dešava? Uzdahnula je Jela i pokušala da vrati misli na sinoćnji susret, susret o kom je i htela Ani da priča, ali ih je neobični događaj uhvatio u svoje sprege i nije ih puštao.

Trže se od iznenadnog dodira na ramenu.

— Ma, šta ti, mala, radiš tu? Sama, a momčići čekaju! — zazveča Petrov veseli glas, kao da je došao iz neke druge dimenzije.

Smeškao joj se toplo. Blistali su se njegovi beli zubi obasjani toplim zracima. U jednoj ruci je držao štapove za pecanje, u drugoj mrežu.

— Ti to u ribu?

— Nego šta! Sad će i da zahladni, pa idem malo. Dosadi ova vrućina! A ti, šta si se tako pokunjila i osamila? Da te nije neki đuvegija nasekirao? — šeretski se nasmeši i štipnu je za obraz.

— Ma kakav đuvegija! Ne dam se ja tako lako nasekirati! Ništa mi nije, onako, bezveze.

— Ne možeš ti prevariti mene, svoga Petra! Znam te ja otkad si bila... ma, bila si kô vekna hleba! No, ako nećeš da kažeš, nema veze! Hajde sa mnom da pecaš. Imam dva štapa, vidi! — podiže ruku ne bi li je uverio.

— Da znaš da hoću! — odgovori britko.

— Vidi ti nju! Odmah hoće! Ja sam samo onako pitao, reda radi! Šta ćeš mi ti, jado, na pecanju?

Jela se zvonko nasmeja. Volela je Petra i njegovu nenametljivu moć da oraspoloži.

— Gotovo, dobio si društvo! Znam ja, sad se plašiš da ću upecati više od tebe!

— E, više od mene! Nema šanse! Samo je jedna žena jednom upecala više od mene, a i to je bila puka slučajnost!

— A, čika Petre, jedna žena, jednom! Da nije ona zbog koje si ostao neženja? — znala je da se Petar neće naljutiti na nju.

— Ćuti, jadna ti majka, ćuti! Nije ta, ta nije nikad štap u ruke uzela! Moja Ana je. Što nju hoće riba!

Jeli se zaledi osmeh na licu. Petar to primeti.

— Šta ti bi? Kad smo već kod Ane, jesi li je videla skoro? Htedoh da svratim do nje, ali mi je vruće da idem uz ono njeno brdo! Ostarilo se, moja Jelo! — zastade mu smeh na usnama kad spazi Jelino lice. — Šta je, Jelo?

Ona htede da zausti, ali nije bila sigurna da li sme da mu kaže. Neće li time izneveriti prijateljicu? Znala je da Petar nije od onih što idu okolo i prepričavaju priče, ali je znala i da je vrlo blizak sa Anom.

— Ma, ništa! — preseče. — Bila sam kod nje jutros. Nekako mi je bila čudna. Nikad je nisam takvu videla.

— Čudna? — Petrovo lice primi zabrinuti izraz. — Da, čudna je ovih dana. Saznala je nešto baš bolno. Možda ne bi bilo loše da malo više vremena provodiš sa njom. Ona te baš voli. Podsećaš je na nju kad je bila mala, a i vidi u tebi svoju ćerku. Šta misliš da umesto sa mnom na pecanje odeš opet kod nje sada? Ja bih svratio kasnije.

Jela pognu glavu. Krv joj jurnu u lice od same pomisli na scenu koju je ostavila kod Ane.

— Bih ja... ali, šta ako je onaj čovek još tamo? — izmigolji se iz njenih usta.

Petar se trže.

— Koji čovek, Jelo?

— Nisam htela da ti kažem... Ana se skroz čudno ponašala. Bilo joj je svejedno i kad sam otišla, a on je ostao da sedi... Ljudi svašta pričaju, nisam hte...

— Ivan! Šta, kog đa... Kad je to bilo, Jelo? — bio je unezveren.

— Pre nekih sat, sat i po... — odgovori ona zbunjeno.

Ivan baci štapove i potrča kroz šipražje. Jela je gledala za njim. Šta je to sa ljudima danas?

31

— A, šta sad kažeš, Ivane? Misliš li da sam privlačna? Misliš li da su na meni najlepše grudi? Rekoh ti da očima i nagonu ne treba verovati! Reći ću ti ko sam! — šaptala mu je promuklo u uho.

Dah joj je bio uzavreo, ali ga je ledio. Skočila je sa stola i čvrsto svojim butinama stegla njegove ruke. Pokušao je da se oslobodi, ali je već njegov prvi pokret učinio da nož dublje uroni u kožu njegovog vrata.

— Ostala sam trudna, Ivane, znaš li?

— Ludačo! — prostenjao je siktavo.

— Sa trinaest godina, Ivane...

— Ti si luda! — siktao je prigušeno. — Ne znam o čemu pričaš!

— I dalje ne znaš, ne znaš ko sam, ali prepoznaješ šuškavce!

Nož se lagano probijao. Mogao je da čuje svoju kožu kako polako puca pod njegovim oštrim sečivom.

— Prepoznajem šta? Pusti me, ludačo, inače... — pokušao je da oslobodi ruke, ali su ih njene butine prejako stiskale, a oštrica je sa svakim pokretom klizila sve dublje.

— Inače, šta? — glas joj je postao izbezumljen, manijakalan. — Šta ćeš da uradiš ti, manijak, meni manijaku? Kako ćeš to da me povrediš, a da još uvek nisam tako povređena? Nemam šta da izgubim, shvataš li? Nemam više trinaest godina i nemam više snova — nije odmicala glavu od njegove.

— O kakvih ti trinaest godina pričaš? — pomislio je da će uspeti da joj odvuče pažnju, da će uspeti da je jednim pokretom strovali na sto i izbije joj taj prokleti nož iz ruke.

— Sećaš li se kako si bio moćan, kako snažan sa svojim prijateljima? E, da, sve hoću da te pitam jeste li i dalje prijatelji? Čujete li se?

— Ti... ne... nemoguće...

Umrla je svaka misao u njemu i odjednom se, umesto misli, raspetljao zgužvani film. Nos. Da, imala je tako čudan nos. Smejali su se njenom nosu dok su kasnije prepričavali doživljaj. Zato mu je otpočetka izgledao čudno prepoznatljivo.

— Ha, kao da si se prisetio! — nož se još dublje zario. — Samo mi reci zašto, Ivane, zašto?

Osetio je da mu se mlaz krvi sliva niz vrat. Sad je se mora osloboditi! Riknuo je glasno. Čitavo telo mu se izvilo u tom kriku. Ležala je ispod njega na stolu. Šakama je čvrsto obujmio njene ruke pokušavajući da joj izbije nož iz ruke. Lice mu je imalo izraz povređene zveri. Kapi krvi su iz rane na njegovom vratu padale na njeno razgolićeno telo. Pomerio se malo naviše stisnuvši je jače. Neka joj padnu i na lice.

— Šta zašto? Šta? Eto, tako, zabave radi! Nije da si ti bila neka neodoljiva cica, nemoj da umišljaš!

Desnom šakom je obuhvatio obe njene ruke. Nož je i dalje čvrsto stiskala. Neka je malo, neka se bori, neka se nada. Seća se, i onda se borila! Šištala je ispod njega. Bes je sevao iz njenih očiju.

— De, de, nemoj da se ljutiš! Nisi bila ni loša! Svi smo bili zadovoljni — bolesno se nacerio razmazujući svoju krv po njoj. — A, reklo bi se da si i ti! Vidim, htela bi još! Htela si opet! I dobićeš opet. Nikad Ivan nije ostajao dužan ženama, posebno kad same traže!

Njeno telo se besno grčilo tražeći snagu, tražeći mogućnost, no previše ju je pritiskao. Samo da nož ne ispusti. Držao je njene ruke nepopustljivo čvrsto, visoko. Osetila je da onom slobodnom rukom čeprka nešto oko pantalona. Osetila je da se njegova glava spušta na njenu. Osetila je njegov jezik na svome licu. Ispustila je zgroženi, bolni krik na koji se on malo pridigao i pogledao je hladno, nadmeno.

— To je moja krv, lepotice! Moram da je uzmem natrag! — pogled mu je postao blago okrivljujući. — Šteta, baš! Moglo nam je biti lepo! — zastao je, a zatim se ponovo nacerio. — Mada, meni nije ni ovako loše! A ko zna, možda si i ti baš ovako htela!

Njegova glava je ponovo krenula ka njenom licu. Telo joj je poprimalo natčovečansku snagu ne bi li se oslobodilo. Grčili su se i izvijali svi mišići njenog zarobljenog tela, no osećala je da joj ponestaje snage. Ustajali vazduh se blago talasao pred njenim beznadežno modrim očima. I prepoznatljiva bol se javila u stegnutim, a nasilno razdvojenim preponama. I odnekud se stvorilo Svetislavljevo ozbiljno lice. I Dušankin živi pogled joj je zatitrao pred očima. I bakin glas. I Jelino rumenilo. I slika šuškavaca koji se povlače pred potmulim zvukom cepanja. A onda Petrovo izbezumljeno dozivanje. I neljudski roptaj. I težina usparenog tela koje su potresali čudni trzaji. I reka krvi. Tamne i teške krvi.

I ništa joj više nije bilo jasno. Petar i neki ljudi. Puno ljudi. Ozbiljnih. Čudnih, previše laganih nekako. I pitanja. Ozbiljna, ali nerazumljiva. Bezglasna nekako. Jela. Njeno detinjasto rumenilo. A onda niotkud Oja. Za njom i Svetislav. A sa njima i olakšanje. Svi ostali nestaju. Bolne, neme suze i topli zagrljaj. Sigurni zagrljaj.

„Sve će biti u redu, dušo! Sve, videćeš!”

— Jesam li ga ubila?

„Samo se ti smiri, dušo, sve će biti u redu!”

— Ne puštajte me više nikuda samu! Šuškavci! Oni su... On je... Ja sam...

„Ššš, sve će biti u redu, dušo, nema više šuškavaca!”

— Nema?!

„Sećaš li se, naslikala si ih i iscepala sliku. Nožem. Nema ih više. Ubila si ih. Zauvek su nestali!”

— Zauvek?

„Ššš... zauvek! Sve će biti u redu, videćeš!”

Sutra izlazim. Mnogo sam bolje. Tako kaže doktorka. Hajde da joj verujem. Mora da će ti čudno zvučati, ali ja joj ne verujem baš puno. Ni njoj, a ni drugima. Urotili su se. Svi. Doktorka sa Svetislavom i Ojom. Za Svetislava mi i nije čudno, ali me Oja iznenađuje. Njoj sam verovala. Sve smo delile, a sada... Ma, OK, OK! Znam, sve to rade za moje dobro. Žele mene da zaštite, da mi pomognu! Kako su samo čudni! Smišljaju priče. Glupave priče! Hej, kao da treba da me zaštite! Ja sam želela da ga ubijem i ne kajem se zbog toga! Baš su smešni!

I, da, da ne zaboravim. Ne smeju oni nikako da saznaju da ti ja ovo pišem! Nikako! Niko od njih! Neće me pustiti da izađem! E, baš sam blesava, kažem ti to kao da bi ti mogao doći i reći im! Znam ja da ti ovo nikada nećeš pročitati, ali znam i da bi mi ti verovao da pročitaš nekad. Bar ti, kad niko drugi neće ili ne može! A i meni je lakše kad zamišljam da ti pričam ili pišem. To je kao da razgovaram sa tobom. To je kao nekada. Samo što sada ništa od tebe ne krijem, pa ni to koliko te volim i koliko me ta ljubav povređuje. Oprosti, nisam onda, davno nekad mogla, nisam smela reći koliko sam povređena i koliko se plašim zbližavanja.

Moju priču si čuo. Znaš je. Slušaj, gledaj sada njihovu iskrivljenu perspektivu. Rekoh jednom, perspektiva je neverovatno bitna. Najbitnija.

Kažu, ništa od svega ovoga što se dogodilo u Bosni nije bilo stvarno. Kažu, sve sam izmislila. Kažu, to nisam uradila ja, već moj ranjeni um. Nije mogao da izdrži pritisak.

Ivan, kažu, uopšte ne postoji. Niko nije živeo u kumovoj kući. Napuštena je već godinama. E, nije postojao, kažu! Ja sam otelotvorila svoj godinama potiskivani bol! Meni to pričaju! Meni! Kao da sam ja neko dete, šta li! Ta, ja sam sa Ivanom pila kafu, pričala, uhodili smo jedno drugo danima, borila sam se sa njim na onom stolu, ja sam mu zarila svoj kuhinjski nož u grlo! I sad kao nije postojao. Možeš misliti! Osetila sam ja njegovu toplu krv na svome licu. I njegov dah sam osetila! I sad me kao ubeđuju da se to nije zaista dogodilo.

I još kažu, nikoga pored mene nije bilo mesecima! Ta, ja sam tamo skoro godinu dana provela! Živela i družila se! Petar, moj rođak, onaj što me je našao u šipražju davno nekada, posle onog stravičnog događaja, kažu, već dugo nije među živima. Verovatno je poginuo u poslednjem ratu. Nikada nisu pronašli njegovo telo. Više niko i ne traga za njim. Kuća mu je pusta, kažu. A meni je Petar pomogao da se snađem. Bio je uz mene ovih godinu dana. Meni je Petar i rekao da je Ivan... Ma, nije ni bitno šta mi je rekao! Samo ne znam kako tako mogu da pričaju kad je on još uvek bio u mom dvorištu kada je Oja došla! Znam da je bio! Toliko sam svesna bila! Morala ga je videti! Doveo je i neke ljude koji su me nešto ispitivali. Ni Jela, po njima, ne postoji. Nema u zaboravljenom selu nikakvih devojaka, ni devojčica! Nije ih godinama unazad ni bilo! Kažu, ali ne verujem im uopšte!

I ne znaju kako sam uopšte živela tih godinu dana, na proplanku, među srušenim zidovima! E, a ja sam obnovila i preuredila kuću! Mnogo je lepa bila, kao nekada! I cveće sam posadila. I slikala sam puno, svakodnevno, samo ne znam šta su uradili sa tim slikama. Šteta, bile su baš dobre! Mogla bih i izložbu da napravim. Ali, nije ni to bitno. Naslikaću ja nove, još bolje, samo da izađem odavde! Ne znaju, kažu, ni šta sam jela. Našli su me izgladnelu i iscrpljenu. Kažu da su me meštani prvih meseci viđali kako dolazim u nabavku, ali posle me niko nije video. Kažu, mislili su da sam se vratila za Srbiju. Nisu se trudili da saznaju jer sam im ionako izgledala čudno. Ni lekove nisam uzimala redovno! Gluposti! Baš bih ja, koja toliko volim život, ugrozila sopstveni! E, ja, koja sam se tako krvnički borila sa bolešću!

I ne znaju, kažu, šta bi sa mnom bilo da nisu došli. Misle da sam htela da se ubijem! E! Da se ubijem? Pa, zar se tako ubija? Da sam to htela, mogla sam odmah da skočim u reku, ili nešto slično da uradim... Nisam to htela. Nikada to ne bih uradila!

Protivila sam se njihovim rečima. Žustro! Odbijala sam da ih slušam. Kljukali su me nekim lekovima. Jakim. Puno sam spavala. Baš puno. Ne znam koliko. A onda bi priča krenula ispočetka. I tako ukrug. Onda sam shvatila da su jači, da ih ima više, da moram pronaći način da ih pobedim. Ne znam koji se razlog krije iza svega, ali, rešila sam da pobedim, da izađem. Jedini način je bio da poverujem u njihovu priču, da je prihvatim kao svoju. I to je bilo lako! Oduševili su se mojim napretkom! I Oja i Svetislav su se glasno radovali. Oja je čak i zaplakala! Da li od sreće što konačno izlazim, ili zbog kajanja što učestvuje u zaveri protiv mene, nisam sigurna. Ja sam se samo poslušno smeškala. I radovala sam se sa njima! Poslušno!

I sve bih im to i oprostila nekako. Možda zaista hoće da mi pomognu. Možda pokušavaju da me spasu kazne, zatvora ili nečeg sličnog. Ne znaju da meni ni to nije bitno. Ja sam se svog zatvora oslobodila. Nož me je oslobodio. Strašno i surovo zvuči, ali je istina. Ne čujem više šuškavce. Ne proganjaju me. Možda su zaista ubijeni na onoj slici.

Prihvatila bih ja sve to, ali jednu stvar ne mogu da prihvatim i neću je prihvatiti nikada. Ne mogu čak ni da glumim, makar ostala ovde doživotno. Kažu mi da sam tebe izmislila! Zapravo, ne tebe, nego svoju ljubav prema tebi! Kažu mi da ne postoji nešto, nešto sa čim ja živim dvadeset četiri godine, osam meseci i dvadeset dva dana. Kažu da je moja ljubav iluzija moga uma! Da su bar rekli — iluzija srca — ono zna kako podrhtava od svake pomisli na tebe, da su bar rekli — iluzija duše — ona bar zna kako je skupljati se i umirati od boli, a širiti se od mrvica, slučajno popadalih sa stola tvoga postojanja! Ovako, od svega, izdvojiše um! Baš njega, a on me je i razdvojio od tebe! Baš njega, a on me je okrenuo Svetislavu!

Tvoja An.

* * *

Na odeljenju je vladala neprikosnovena tišina. Negde na kraju hodnika se čulo taktično lupkanje kapljica vode što se lenjo slivala iz pokvarene česme. Sestra je skoro lebdeći kružila hodnikom, da ne bi nekom od pacijenata poremetila san. Moraće ujutro opomenuti domara da promeni gumicu na toj česmi. Obilazila je sobe, najtiše što je mogla. Poslednji sati dežurstva su joj proticali u besprekornom miru. Provirivala je neprimetno kroz vrata bolesničkih soba. Svi su spavali. Mirno. Čvrsto. Bilo bi dobro da i ona može tako da spava. Nečujno otvori vrata sobe broj devet. Pacijentkinja izlazi sutra. Sutra će biti jedna soba manje. Zenice joj se iznenađeno raširiše od prizora koji ugleda. Žena nije spavala. Nije ni ležala. Sedela je na krevetu i gledala u listove belog, ispisanog papira. Uđe u sobu lagano, skoro na vrhovima prstiju. Žena se ne pomeri. Nije je čula. Čitala je nešto. Na belom pokrivaču, kraj nje, ležala je odložena hemijska olovka. Verovatno je i pisala. Iz modrih očiju, zabludelih u daljinama, slivale su se suze i padale po onom papiru.

Sestra se blago nakašlja. Pacijentkinja se trže. Grčevito stegnu one papire i sakri ih iza leđa. Sobu zapara šuškavi zvuk papira koji se lomio u šakama namah oblivenim hladnim znojem. Sestra se iznenadi ovim čudnim, dečjim gestom.

— Šta Vam je to?

Pacijentkinja kratko odmahnu glavom. Usne joj se grčevito iskriviše.

— Šta Vam je to? Zašto to krijete?

Glas joj je bio blag, lice zabrinuto. Približavala se nečujnim, obazrivim korakom. Odgovora nije bilo. Samo je usna bila sve iskrivljenija, a šuštanje papira sve jače.

* * *

Noć je širila svoja krila. Devojčica je cvokotala ispod bele, iscepane lanene haljine. U njenim modrim očima se zrcala potmula praznina. Oko nje je jezivo šuštalo šipražje zatečeno onim što je videlo te večeri. U daljini se čuo tihi žubor reke. Milovala je obale dok je mesec bacao svoj uglađeni lik u njene talase.

Mladić je krupnim koracima grabio ka putu, ka selu, jedva vukući za sobom veliku mrežu punu tek ulovljenih riba koje su se nemoćno praćakale sudarajući se sa oštrim kamenjem. Noćni ulov ume da bude dobar. Mnogo bolji od dnevnog. Zastade mladić da uhvati dah. Umor ga je već pobeđivao. Učini mu se da okolno šipražje čudnovato jako šumi, pa i da šuška nekako, a ni daška vetra ne beše. Pogleda ispitivački oko sebe. Ničeg čudnog ne beše. Uzdahnu i povuče svoj tovar dalje. Gluvo doba ume da prevari. Blokira i oči i razum. Noćnu tišinu ispara razorni krik neke noćne ptice. Trže se mladić i okrete se ponovo. Tamo, u dnu šipražja, ugleda beli smotuljak. Neobično veliki beli smotuljak. Neko je nešto bacio, pomisli. Pogled poče da se rve sa tminom. Učini mu se da se smotuljak klati. Baci mrežu i potrča ka njemu. Ljudi su umeli da bacaju svašta. Često je oslobađao kučiće i mačiće iz vezanih vreća.

Devojčica je cvokotala ispod bele, iscepane haljine. Dah joj se lomio pri sudaru sa prazninom. Mladić dotrča do nje, razgrnu haljinu i ugleda dva modra, prazna oka. Zaledi se od bola.

— Mirjana, moja Mirjana! — kriknu, poput neke retke, zloglasne noćne ptice. — Šta su ti to uradili?

Devojčica se klatila cvokoćući. Nije pomerila modre oči. Mladić zaroni u njih duboko, ali ne uspe da nađe svoj odraz u njima. Protrese je jako dok su mu se suze slivale niz lice.

— Mirjana! — kriknu ponovo.

Devojčica se okrete lagano i pogleda ga prazno.

— Ne zovem se tako.

Nataša Blagojević Ristić rođena je 26.7.1975. godine u Loznici. Završila je Filološki fakultet Univerziteta u Beogradu — odsek Srpski jezik i književnost. Radi u jednoj beogradskoj osnovnoj školi.

Pisanje joj je ljubav, potreba, strast, još od osnovne škole. Piše prozu — kratke priče, romane i drame, kako za odrasle, tako i za tinejdžere.

Kratke priče su joj objavljivane u većem broju zbornika, književnih časopisa, kao i na književnim sajtovima. Neke od njih su i nagrađivane. Jedna od najdražih nagrada joj prva nagrada za kratku priču *Izokrenuti snovi* na konkursu „Šumadijske metafore".

Jedno vreme je bila urednik za književnost na sajtu „Konkursi regiona", gde je pisala i kolumne.

Izdala je roman *Šuškavci* krajem 2020. godine.

Živi i radi u Beogradu.

Nataša Blagojević Ristić
ŠUŠKAVCI

London, 2024

Izdavač
Globland Books
27 Old Gloucester Street
London, WC1N 3AX
United Kingdom
www.globlandbooks.com
info@globlandbooks.com

Fotografija sa naslovne strane
Elisa Stone
(https://unsplash.com/gray-rope-tied-on-
brown-wooden-post-AWJkhiX7cG0)

www.ingramcontent.com/pod-product-compliance
Lightning Source LLC
Chambersburg PA
CBHW070956180726
48291CB00004B/1314